U0096545

巷子裡的霍夫曼

麥可·陳

目錄

01　韓小夢｜上海

你想像過，自己擁有某種超能力嗎？

比方說，無窮大的力氣呀、飛天遁地、透視、隱形或是……操縱元素？

很多電影裡可能描述過超能力者是怎麼拯救世界的，他們的能力是如何目眩神迷，如何受到萬人景仰，不過，那只是超能力者生活中的一小部分罷了，他們也像正常人一樣，需要吃飯洗澡、需要幹活餵飽自己，說實話在這幾個方面上，那些能力其實帶來挺多麻煩的，但換個角度想，每個人生來都是不一樣的，而每個人都要把「自己不一樣的地方」融入生活，找出生活中最合適的方式，對吧。

大概五歲的時候吧，我知道自己是一個「心靈感應能力者」，當時我不覺得自己有多麼與眾不同。我有個姊姊，姊姊說我們整個家族都擁有這樣的能力，我沒有見過爸媽，一直以來都是跟著姊姊一起生活的，而姊姊大概就是一般人想像中「很厲害的超能力者」吧。

所謂的「心靈感應」，或是「讀心術」，指的就是那種不用說話也可以知道別人在想什麼的能力，是「真的知道」，可不是靠對方的面部表情、肢體語言來猜測「喔，他可能肚子餓了」、「他在說謊」、「那個人好像喜歡我呢」。

街上的書店裡確實可以看到一些書教你「讀心術」，但說實在的，那

和真正的心靈感應能力差遠了。

「正常人能做到的讀心術」，頂多是知道對方的想法，預測對方的行動，但是沒法做到的是，感受那一個人上一餐吃的牛排是什麼味道、感受她被男朋友拋棄時的撕心裂肺、又或者是假裝正經強忍著出軌慾望的掙扎。

所謂感應，是感同身受。

我覺得是一種天賦，也是種負擔，即便不想聽、不想知道，那些聲音、那些感覺，就好像大街上的喇叭聲一樣，強行鑽入你的身體裡。

我和姊姊不一樣，生活還挺單調的，我們一起開了一間咖啡館，從早上十點營業到晚上十點，有時候真的是閒得發慌，我就會在咖啡館待到晚上十二點。姊姊總是在世界各地跑，我呢，就負責看好這家店，除了上海我這輩子還沒去過其他地方呢。

姊姊也說了，像我們這種「身分特殊」的人，就應該保持低調，所以店裡的生意很一般，沒什麼特別的裝潢，沒有老傢俱，或是管線外露的工業風，這間咖啡館也不在武康路、思南路或是外灘那種光鮮亮麗的地方，不會有任何網紅在這裡發自拍照、文青在這裡發呆、用蘋果電腦。可能更像是在自己家的客廳裡賣咖啡吧，但倒也樂得清閒，畢竟我不是那種很喜歡和別人說話的個性。

大概也是因為這樣，我沒有交過男朋友，我總覺得男人都是頭腦簡單的生物，走到你面前就知道他想幹嘛了，最終目的都是要上床，每次

見到意淫自己的神經病實在是令人作嘔，但是又沒辦法趕他們出去。

這種時候呢，我就會把注意力轉向店裡的其他客人，進入他們的腦子裡。

這裡要先澄清一下，心靈感應能力，可不是隨隨便便就知道別人「具體」在想什麼，每個人的思想，是先在大腦中形成，再透過語言、表情、肢體動作來傳遞他的思想，而「心靈感應能力者」能做到的，就是當「思想」在大腦中出現時，擷取這些「思想」的能力。

但多數人的腦子裡，都沒有明確的思想，舉個例子，如果問你晚餐想吃啥？在你的腦袋裡，可能可以聽到、看到、感受到一些詞彙、畫面和感覺，像是「晚餐」、「吃東西」、「餐具」、「飢餓」、「困惑」。

當你被問到：「吃泡麵呢？」

可能又可以被讀取到「困惑」、「勉強」、「簡單省力」的信息。

最後，你才會說：

「隨便啊，吃泡麵也行。」

了解一個人的思緒，是一個需要挖掘與對話的過程，對每個人都是一樣的，對我這樣的人而言，說穿了也就是多了一個獲取信息的管道罷了。

再講回進入別人思緒這件事，確實，這可能在道德上是有爭議的，不過……就好像有人天生長了雙大耳朵，不管想不想要，四周的聲音就能被他聽到。

「我能保證不會用這樣的能力傷害別人，說不定……有天還能幫助到別人呢。」我是這麼想的。

更何況，這是一但開始了，就會上癮的事。

從大學畢業後，我就在這間咖啡店工作了，大概是從第三個月起，每天平均我會和五到七個人進行……嗯……這種單方面的對話。
咖啡店的附近是辦公樓，人口來往挺複雜的，接觸到的人大多是小白領。

其中有個人特別引起我的興趣。

他叫李韻，是個台灣人，應該是在諮詢行業工作，最近半年被派駐在上海的辦公室，第一次見到他的時候，他就像是一般白領一樣，想著工作的事，那些我完全無法聽明白的事，說實話還挺無聊的。

有句話說，欣賞一個「始於顏值」、「終於人品」什麼的，好吧，他長得是還挺好看的，而且有固定健身的習慣，所以身材還維持得不錯，屬於瘦長型的，一開始我也沒怎麼特別留意他，不過李韻每天都會固定來咖啡店坐半個小時，幾次之後我決定開始了解這個人。他每次都點美式咖啡，不加糖和奶精，坐在咖啡店裡不看手機也不看電腦，看上去在發呆，但實際上是在想事情，他想的事情倒挺多的，百分之八十的時間在想公事，百分之二十的時間在想去哪裡玩，他經常出國，對美食特別熱愛，所以每次在讀他的思緒時，最期待的就是看

他最近又去了哪間餐廳，透過意識的連接，我覺得自己幾乎能感受到那些食物傳遞到他舌尖的滋味。

就這樣，這個叫李韻的傢伙不知不覺中連續被我觀察了兩個星期，直到昨天晚上。

而我也完全沒意識到他會為我的平靜生活帶來多大的改變。

那天，我起得早，八點多就到店門口準備開店，遠遠的就看到一個人在門口徘徊，走近一點，才發現這個人竟然是李韻，當他看到我時，停下了腳步，眼睛直勾勾地盯著我，他的臉色蒼白，衣衫不整，看起來很狼狽，完全不像是平時的他，事情肯定不太對勁。

李韻的眼神就像隻受傷的野獸，不斷大口地喘著氣，我感覺他濁重的氣息清晰可聞，眼神中沒有平時的鎮靜與溫柔，彷彿受到了極大的驚嚇。

我那時不敢再走近他，離他大概還有三米遠，他瞪著我，至今令我印象深刻，一字一句地說：

「你才是，心靈感應能力者。」

02　李韻｜上海

「小韻！！最近好嗎？希望你享受你的新工作！！

我兩個月後要去上海！！

你會有空吃個飯嗎？」

淺田香織

我坐在餐廳裡，穿著一套海軍藍的西裝與棕色的皮鞋，也是我最喜歡的一套正式服裝，然後又看了一遍那封兩個月前傳來的英文訊息，發信人的名字叫「淺田香織」，是我一年前在歐洲唸書時認識的日本同學。

然後下一則訊息是半小時前傳過來的：

「不好意思！！

我會晚到個十五分鐘，請在餐廳裡面等我」

淺田香織

我看到的當下忍不住笑出聲音來，過了一年，香織還是沒什麼變，訊息裡面喜歡用一堆驚嘆號還有表情符號，她幾乎沒有準時到過，但坦白說我也不討厭等待香織的感覺，因為能夠見到她就已經令人足夠開

心了。想起以前第一次和她出去吃飯，我提早了十分鐘在她家樓下等，那時我沒有按門鈴，因為我想她一定還沒準備好，而我也不想催促她，又在那等了半個小時。

後來香織告訴我：

「以後你到了的話請按門鈴⋯⋯雖然這樣你還是需要等我。」她仰著頭頑皮地笑著。

一年沒見了，香織還是常常那樣子笑嗎？我看著門的方向，想得出神了。

然後，一個嬌小的女孩子，穿著米白色的針織衫與黑長褲，小心翼翼地推開了門，我不自覺地站了起來。那個女孩謹慎地和服務生說了幾句話，服務生似乎有點緊張，比手畫腳了一陣子，然後領著她朝我這裡走來，女孩仍在四處張望，她留著一頭及肩的中長髮，鵝蛋臉上有雙明亮的杏眼，瞳孔是深褐色，長相清秀、氣質端莊，當她看向我時，開心地笑了，用力向我揮揮手，我也笑了，女孩朝我走過來，我們用力地擁抱彼此。

她就是我的同學，我的好友淺田香織。

也是令我魂牽夢縈，無法忘卻的淺田香織。

「小韻好久不見。」香織說的是英文。

我不會說日文，香織也不會說中文，英文是我們唯一的共通語言。

「好久不見，香織。」我鬆開手，然後轉身替香織拉開椅子。

「謝謝。已經一年了吧……噢！我真想念那裡。」香織露出既陶醉又遺憾的表情。

「你之後就沒有再回學校過了嗎？」我坐回自己的位子。

「沒有……我的新工作很忙。」香織皺起了眉頭。

香織在一間日本的大商社工作，是公司贊助她出國唸書的，學成歸國後應該也承擔了更多責任吧，這時候我才注意到她似乎很疲倦，而當她疲倦時眼袋會變得很明顯。

「我覺得我的皺紋又變多了。」香織嘟起嘴，摸摸自己的眼角，那裡有些魚尾紋的痕跡。「我好老喔。」

我忍不住笑了，香織總是愛說這句話，而且很在意這件事，確實，歲月也在她美麗的臉上留下一些痕跡。

「我覺得我不該這麼常笑對吧，因為你看這些、這些、這些……」香織邊說邊摸著皺紋與眼袋隱約的痕跡。

「我倒覺得那是你美麗的地方，你的笑容很漂亮，而別人看到那些地方就會知道你是個愛笑的女孩。」這絕對是我的真心話，這些痕跡突顯了香織的美麗與自然，她其實大了我五歲，但我總是對別人說香織的年齡就是女人最完美的年齡。

「謝謝……」香織瞇著眼睛笑了。

「等一下再聊吧，我們先點餐？」我通常不敢對她使用命令的語句，總是先徵求她的同意。

「好，當然……我可以靠你嗎？」香織說。

還記得我們第一次一起出去吃飯的時候，香織也說了一樣的話，結果我搞得一蹋糊塗，點了很多難吃的菜，自此後關於點菜的事情香織總是對我不太放心。

「當然。」不過這麼多次下來我絕對有了長足的進步，而且這次我也確實做足了功課。

於是我請服務生過來，用中文交代了一些事情，香織則是滿臉疑問地看著他們。

「你點了什麼？」香織睜大了眼睛問。

「等一下就知道了，你都會喜歡的。」我自信地笑著。

「最好是我喜歡的喔。」香織瞪著我。

「哈哈，我還記得，有一次我點了松露，你問我在吃什麼……」

「結果你說你不知道，你說你點的是套餐……」香織的臉垮了下來。

「哈哈，對，我記得你很不高興，你說你怎麼可以連自己在吃什麼都不知道。」

「當然啊……」香織微笑，皺著眉頭。

「你對我真的好嚴厲。」我誇張地嘆了口氣。

「不過你後來進步很多了。」香織滿意地點點頭。

「是啊，謝謝香織老師。」我舉起注滿金黃色香檳的笛型杯。「所

以……」

香織也微笑拿起了杯子。

「歡迎來到上海。」香檳杯發出了清脆的碰撞聲音。

「啊,這個給你。」香織從包包裡面掏出一個小布袋遞給我。

「這是……?」

「你以前不是問過我衣服上的味道是哪來的嗎?」

「喔,對呀。」我不好意思地抓抓頭,當時香織還說我這樣子問很沒禮貌。

「這是一種『香袋』,可以讓衣物的味道清新一點,也可以殺菌,這個送你吧,好用的話你自己去買。」香織頑皮地一笑。

「哈哈哈,謝謝你呀。」我邊說邊收下來,這下糟糕了,我這次沒幫她準備禮物,有些不好意思,「別光顧著說話了,牛肉的味道怎麼樣?」

「我喜歡這個牛肉的味道。」香織開心地說。

「我幫你點的是小牛的胸腺,口感應該很嫩才對。」我終於鬆了一口氣。

「非常好的選擇。」香織滿意地點點頭。

「你知道嗎,每當我切牛排的時候都會想起你。」我有些不好意思。

「因為你第一次切牛排的時候真的嚇到我了。」香織瞇著眼。

「哈哈對啊，你說我怎麼會把叉子放在刀子的右側切牛排，但那次之後我就改過來。」我看著手中的刀叉。

「還有好多事，像是那次我吃義大利麵的時候濺到我的白襯衫、吃蛋蹧的時候滿嘴都是屑，你說我總是吃東西太大口。我喝紅酒的時候容易臉紅，你建議我喝白酒……」我扳著手指專心數著，一邊想著這個女孩為我帶來的所有改變，但似乎沒注意到她情緒的變化，直到聽見香織小小聲嘆了口氣。

「不好意思，我說太多話了。」我猛然抬起頭，才發現香織眼眶有些溼潤。「怎麼了嗎？」

香織搖搖頭：「沒事，我有點累了。」

「那我請他們上甜點了。」

還是老樣子，只要每次香織出現負面的情緒，我就會亂了手腳。

香織又搖搖頭：「不要，這好好吃，我要把它吃完。」然後露出一個笑容。

之後香織又回復了先前的活力，彷彿剛才的異樣沒發生過。

吃完飯後，香織推辭了一會，我依舊替她結了帳，然後服務生送來意見表。

香織把意見表遞給我：「你幫我寫。」她頑皮地笑著。

她就是這樣，我把它接過來，迅速填完後，告訴她我要去趟洗手間。

「你終於說對了，不要說『toilet』，要說……」

「『Bathroom』……我一直記得喔。」

香織滿意地點點頭。

我笑著離開座位，向服務生問了洗手間在哪，然後朝那個方向走去。

走到洗手間門口時，我停了下來，轉頭看了看，確定沒有人看得到我之後，快步走向餐廳的後門，打開後門，看了看左右，拔足狂奔離開餐廳。

大概跑了有兩公里遠吧，我停下來，大口喘著氣，穿著皮鞋跑步還是很不舒服，西裝外套的內裡大概也被汗水浸濕了，我從西裝外套的內袋拿出一條酒紅色的手帕擦著汗，同時也掏出一張紙條，那是香織在遞給我意見表時同時塞過來的，我重新看了上面寫的字，紙條上潦草的用英文寫著：

「從後門離開，跑！！！」

即使是手寫的文字，香織也喜歡加很多驚嘆號。

我走到附近的一個小公園，那時已經接近晚上十二點了，公園裡一個

人都沒有，我仍然驚魂未定，腦袋裡有無數個問題，但比起這些，其實我更擔心香織的安全，腦袋裡不斷地想著：

「我是不是該回去找香織？」

並在公園裡來回踱著步。

這時，一個冰冷的聲音在我身後響起：

「晚安，李先生。」

說的是英文，帶著很重的日本口音。我猛然回頭，看到一個身著黑西裝的日本人，高瘦身材，光線很暗，看不清楚臉龐。

我吞了口口水，感覺自己下意識地往後退了一步。

「你是我們組織一直在找的一個人，我希望你能跟我們合作。」

黑衣人依舊不帶任何感情說著。

「我……我不知道你在說什麼。」我試圖控制內心的恐懼。

「我不喜歡浪費時間。」黑衣人按下了一個按鈕，他身後的轎車後座車窗慢慢降下，裡面坐著一個手腳和嘴被綁起來的女孩，女孩的頭低垂著。

「香織！」我想都不想就朝轎車衝過去。

「喀噠。」

黑衣人從懷中掏出一把手槍上了膛：

「如果你配合，就什麼事都沒有。」

當下我的理智瞬間斷線，覺得自己從來沒有這麼激動過，大吼著：

「我根本不知道你要什麼！為什麼要把香織牽扯進來！」

黑衣人沉默了幾秒：

「我正在尋找『心靈感應』的超能力者，而我相信你就是其中一個。」

天啊，這個人一定是瘋了，什麼心靈感應，根本不存在這種東西，我連別人是開心還是難過都分辨不出來！

黑衣人舉起另一隻手，手裡面拿著一個黑色的圓形物體，像是一個碼表：「如果我們的評估沒有錯誤的話，你應該會對這個電波產生強烈的反應……」說著黑衣人按住一個在那圓形物體上的按鈕。

在那一剎那間，一陣劇烈的頭痛從我兩旁太陽穴鑽入大腦，就像是用很鈍的鑽頭鑽開頭蓋骨那樣，我放聲大叫，雙膝跪地，膝蓋應該是傳來了疼痛感，但我無暇理會。

「果然沒錯。」隱約聽到黑衣人這麼說。

但我已經是全身發軟，冷汗濕透了襯衫，我瑟瑟發抖著，連話都說不

出來。

「嗯，可能時間不夠長。」

模糊的視線裡，我看到黑衣人再次按下按鈕，這次我連喊叫的力氣都沒有，趴在原地不斷抽蓄著，幾乎要失去意識。

「難道是這個機器無法成為激發能力的開關嗎……」

黑衣人的聲音在四周迴盪，我只知道自己趴在地上抽蓄著，全身發冷，我有時候會有偏頭痛的毛病，現在的感覺，就好像是偏頭痛被放大了十倍……不，一百倍，而且沒有停止的跡象。

腦子裡開始浮現各種幻覺。

……黑衣人身上散發出來的陣陣寒意……

……一間眼熟的咖啡館……一雙清澈的眼神……

……香織無助的眼神及囈語……

「我必須要救香織才行。」

那是我當時腦袋裡唯一清晰的事。

我依舊趴在地上，努力睜開雙眼看著黑衣人，他似乎正在看著香織。

「那麼，試試B計劃吧。」黑衣人說。「李韻，我數到三，如果你沒辦法改變我的意念，我就殺了她。黑衣人把槍指向香織。

「一……」

「你瘋了……你知不知道你找錯人了……」

我用盡所有力氣擠出幾個字，但黑衣人並不理睬：

「二……」

「慢著……給我點時間……」

我收起左腿，用右手支撐，應該可以站起來。

「三……」

我試圖撲向黑衣人，但才往前走不到一步，整個人又摔倒在地，感覺熱熱黏黏的東西沾滿了臉，一股嗆鼻的血腥味刺激著我的嗅覺，我渾

身劇痛。

「夠了。」

這是……香織的聲音？！

「他這麼喜歡我，但是在我瀕死的關頭都無法激發他的潛力，他不是我們要找的人。」

不知道何時，香織已經走到了我與黑衣人的中間，聲音冰冷，完全不像是剛才還被綁在車上的那個人。

到底怎麼回事？！

眼前的香織，真的是我所認識的香織嗎？那個永遠帶著微笑、舉止優雅、喜歡鬧脾氣、有些神祕但心地善良的女孩，是眼前這個說話完全不帶感情的女人嗎？！

香織輕虐地嘆了口氣，同時走向我：
「我說清楚好了，我會接近你，一開始是因為你可以幫我處理很多生活上的麻煩，知道你是我們的目標反而是個意外，總之，我想你誤會了很多事，像你這樣的人我一點興趣也沒有。」

一點興趣也沒有……？

她說，一點興趣也沒有……？！

那天下著大雨，我帶著傘，去接被困在學校裡的香織……

那天下午，香織說她肚子餓，我走了兩公里去買了香織最喜歡吃的餅乾……

為了給香織一個生日驚喜，我在一個陌生的城市跑了大半天幫香織找生日蛋糕……

我從不奢求香織的回報，因為每當我淋雨、奔跑、冒險時，我總能想到，當把傘遞給香織時、當把餅乾拿給香織時、當大家捧著蛋糕，為她唱生日快樂歌時，我總會看到那個令我義無反顧的回應。

香織眼睛瞪得大大的，嘴巴張得開開的，然後慢慢闔起嘴，低下頭，深呼吸，再仰起頭來，笑著說：「謝謝你，小韻。」

「如果是這樣的話，你……為什麼……」不知道是哪來的力氣，我站了起來，但是幾乎說不出話。
「如果你沒有感覺到我其實很討厭你的話，那你真的是遲鈍到無藥可

救了。」香織冷笑著，「你沒有想過為什麼我經常對你發脾氣嗎？」

我愣了愣：「那些時候……我常常覺得你的血一定是藍色的，沒有溫度，但我現在才知道……是黑的。」我乾笑了兩聲，也不知道為什麼要笑。

香織轉頭看向黑衣人，冷冷地說：「我們找錯目標了，他一點用都沒有。」

黑衣服的日本人沉默了半晌，然後搖搖頭：「那他知道的太多了。」

我甚至還沒有時間感到心酸，接下來的事情就在眨眼之間發生了。

黑衣人舉起手……

香織衝過來把我推開……

響亮「砰」的一聲……

香織也舉起手……

「砰」的第二聲……

黑衣人摀著腹部狼狽地逃走，香織轉頭看向我，然後一個重心不穩跌進我的懷裡。

當我反應過來時，只看到鮮紅色的血汩汩從香織左胸口流出，我急忙掏出手帕按在那個部位，手帕本來就是酒紅色的，被血沾溼後，迅速染成黯淡如黑色的深紅，我睜大了眼看著香織，大口喘著氣。

香織虛弱地微笑著。

這時香織緩慢地伸出右手，放在我的臉頰上。

那一瞬間，腦中彷彿吹進了一股強風。

空氣中傳來巨大的「嗡嗡」鳴聲，聽起來就像是一隻大型的手機在震動一樣，強風帶來了一陣霧氣，霧氣形成了許多畫面，很眼熟的畫面……

藍白相間的房子，湛藍的大海，夕陽，喧鬧中的寧靜。

旅館的房間，淋浴的聲音。

磚紅色的古城牆與古城區，鞋子踏在石板路上的敲擊聲。

學校與會議室，街道與餐廳，咖啡館與書本。

而那些畫面伴隨著鳴聲傳出了香織的聲音，不像是平常說話的聲音，更像是摀住了嘴發出的低鳴。

而這些畫面裡，不斷地有幾個英文字母浮現在我眼前……H……
F……M……，就好像飛快的跑馬燈，來不及看清楚到底寫了什麼，
它就消失了。

我感覺自己就像陷入迷霧當中，不知道發生了什麼事，直到聽見香織
在喊我的名字。

「小韻……小韻……」

我回到現實，緊緊握住她的手。

「小韻……我想……你懂的。」香織的臉上已經沒有半點血色，仍試
圖牽動自己的嘴角。

「我……帶你去醫院。」我勉強擠出幾個字。

香織依然虛弱地微笑著：

「看吧……」

我急忙將耳朵貼近香織的嘴邊。

「血是……是……紅色的……」

香織瞇著眼俏皮地一笑，起伏的胸膛慢慢停下，閉上了眼睛。

紅色，RED的「R」，香織唸起來總像是「L」。

「RED……」就好像想糾正她的發音一樣，我輕輕地又唸了一遍。

我抱著香織，腦袋一片空白，覺得香織的身體越來越輕、越來越輕，輕到足以飄在空中，自己無力掌握。不知道過了多久，香織胸膛的血也不再流了，我慢慢把手從她胸口移開，然後緊緊抱住香織瘦弱的身體，開始哭出聲來、用盡了全力在哭號，就好像想把聲帶哭斷一樣，也不知道哭了多久才把香織放下。

香織最後說的「我想你懂的」，讓我回憶起一件事，有次香織正在分享一個故事，我一直微笑點點頭，但其實沒有聽懂香織說的英文是什麼，只是不想掃她的興，直到香織提了一個人的名字，我才問：「那是什麼？」香織的臉色瞬間就變了，說：「算了，我不想說了。」我愣了愣，知道自己又惹香織生氣了，不應該不懂裝懂的。

我總是不知道香織在想什麼，不知道如何讓她開心，香織也總是如此，不願意把話說明白，讓我總是猜得很辛苦。

我依然沒有想通剛剛究竟發生了什麼事，那個「碼表」明顯對我的身體產生了影響，到底最後在腦中看到、聽到的又是什麼？我的頭再次開始劇烈疼痛，那時候的幻覺又重新閃現在面前。

我有一種直覺，香織留下了某種訊息給我，而現在不是沉浸在哀傷裡的時刻。

我忍著疼痛，回想剛才看到的畫面。

然後我發現了，在幻覺裡，除了香織之外，我認識的人還有一個。

在我的幻覺裡出現的咖啡館，是我最近每天都會去的一間咖啡館，店員是個可愛的女孩子，如果說那些幻覺裡帶有什麼線索的話，我的直覺告訴我：

「那個咖啡館的女店員絕對脫不了關係。」

03　黑寡婦｜東京

東京的街頭總是一如繼往的繁忙，大手町的人潮熙來攘往，列車剛到站，一大群穿黑西裝、拎著公事包的上班族魚貫步出車站，其中一個人叫做井上拓也，他就和和多數上班族一樣，身著一套平整的黑西裝、黑皮鞋，頂著一個平頭，身材頗為高大壯碩，目無表情，專注地快步走在人群最前方。

井上拓也走進了一棟大廈，大廈門牌上寫著「土肥株式會社」，是日本數一數二的大型商社，他拿出門卡，與其他人一樣排隊通過門禁感應器，然後搭電梯到31樓，走出電梯口，向迎面走來的同事一一打招呼，再進到一間會議室裡，把門關上，會議室裡空無一人，井上拓也並未將燈打開，而是從公事包裡拿出了一個黑色的盒子，放在投影幕的上面，周圍的裝飾也都是黑色的，如果不是走近看，完全不會發現那裡多了一個盒子。

確定盒子固定好後，井上拓也走出了會議室，這時迎面走過來了一個女孩子。

「井上先生早安，咦，這麼早就要開會嗎？」

井上拓也淡淡說了一句：「東西放在這裡忘了拿。」

說完井上拓也就快步離開了。

「咦，井上先生今天怎麼有點奇怪。」女孩邊喃喃自語著邊朝另一個方向走去。

過了一會，會議室裡出現了兩個同樣是東亞人面孔的中年男子，一個男子身材健壯，穿著短版合身的灰色西裝、梳著油頭，另一個人叫做「清水」，他則是一襲黑西裝，是個高瘦身材、短髮、薄唇、五官深邃並略帶點滄桑的男子。

清水走在後面，進到會議室以後將門輕輕關上。

「機器的狀況怎麼樣了？」清水說的是英文，並帶著強烈的日本口音，言語中彷彿沒有一點感情。

「問題還是跟我們上次說的一樣，我們需要記錄一個『心靈感應能力者』的腦波來完善我們的機器，你們進度怎麼樣了？」油頭男用的是純正的美式口音。

「上次你說你們想找『黑寡婦』，『黑寡婦』是S級的能力者，別說要抓她了，要找到她都不可能。」清水說。

「什麼？我們是簽過約的！」說完油頭男咒罵了一聲。

「我知道，今天找你來，是因為我們找到了另一個方案。」清水按了一下投影筆，投影幕上出現了一些數據及曲線圖。

「我們這些年來一直在追蹤『潛在能力者』，也就是能力尚未覺醒的超能力者，他們有一種和超能力者、正常人都不一樣的腦波，而我們公司在三年前研發出一種技術可以捕捉到這種腦波。鎖定『潛在能力者』最大的優點就是他們不如『能力者』那樣危險，而我們目前已經找出幾種可以激發出能力的方式。」清水解釋。

「你們找到目標了？」油頭男皺著眉頭。

「其中『心靈感應能力者』極其稀少，不過我們目前已經找到了一個……」

「……所以這個人現在在哪裡？」感覺油頭男仍然對這個方案仍抱持著一點懷疑。

清水沒有回話，而是拿起了手機，對著電話另一頭說：

「淺田小姐，麻煩你現在來會議室一下。」

過了幾分鐘，響起了敲門聲，會議室的門被輕輕推開，一位個子嬌小，外表清秀的女孩子走了進來。

「早安，清水先生。」淺田小姐先對清水微微欠身。

「嗨！艾瑞克！我不知道你來了！」然後熱情地笑著揮揮手，走向油頭男艾瑞克。

「嗨，香織，好久不見，我不知道你也加入這個部門了。」艾瑞克笑著說，兩人擁抱了一下。

「淺田小姐過去幾年在歐洲進行這個專案，負責尋找歐洲各地的『潛在能力者』，現在公司讓她回到總部來。」清水說著。

「淺田小姐，我注意到兩年前你曾經記錄過一個對象，並且註明對象的訊號過於微弱，因此不建議追蹤。但我在你的偵測器上找到一筆被刪除的數據，上面顯示偵測到非常強大的『藍色腦波』……」清水按

了一下投影筆，投影幕上出現了一個曲線圖，一條被加粗的藍色曲線顯著高於其他的黑色曲線。

淺田香織凝視著螢幕，沉默不語。

清水拿出一個信封，遞給香織。

香織面無表情，兩眼注視著清水，緩緩地把文件從信封中拿出來。

「我沒記錯的話，這個人是你的同學對吧。」清水淡淡地說。

文件上，是一名男子的照片，照片旁寫著：

「李韻。」

我在三公里外一間酒店的標準客房裡，聚精會神地盯著土肥株式會社的方向，而會議室裡的情景與聲音，模糊地在我腦海中放映。

04 韓小夢｜上海

「聽說你下週末要在家裡辦派對？」一個女孩說。

「喔，對啊，想說招待一些外國同學來家裡吃飯，做一些中國菜。」她對面的男孩說。

「喔⋯⋯」女孩說。

「你應該要一起來的！會很好玩的！」男孩說。

女孩搖搖頭。

「⋯⋯我本來就打算問你，但之前沒機會跟你碰面，我想當面問比較好。」男孩說。

「這樣不太好意思吧，總覺得⋯⋯」女孩說。

「如果你可以來我會很高興的，我也需要你幫我準備一些東西呀什麼的。」男孩說。

女孩沉默了一下，然後微笑說：「好吧！」

我靠在吧檯上，看著這對小情侶的互動，一邊猜著他們究竟是什麼關係。

嗯，估計不是真的在交往。

所以說那個女的喜歡那個男的，但是那個男的沒什麼興趣。

但是那女的死纏爛打的。

男生的人很好，不想讓女生傷心。

兩個人是同學。

嗯，肯定沒錯！

我用右手按住自己右邊的太陽穴，那個女孩的思緒在我腦子裡開始清晰起來，然後……

「又猜錯了！」

我忍不住叫出聲來，還好聲音不大，應該沒人能聽到。

猜錯了也無所謂，這是今天的第三次了，總感覺今天心靈感應的能力不太靈光，思緒很混亂，當思緒一不受控制的時候，前兩天早上的場景又再次在眼前浮現。

「你有病吧，一大早的來我店門口幹嘛，我認識你嗎？」我沒好氣的說，但實際上我十分害怕，同時，我這才注意到李韻的臉上都是挫傷，估計是把臉跌在地上了。

李韻深吸了一口氣，神色不像剛才那麼狼狽，然後說：「我確實不認識你，但是……我覺得你不是普通人……你跟發生在我身上的事情一定有某種聯繫……他們說的『心靈感應能力者』……我不知道為什麼會找上我，但我總覺得腦袋裡有個聲音告訴我，你才是他們要找的

人⋯⋯」

李韻轉過頭，把頭靠在牆上，雙手緊抓著頭髮。

這是第二次聽到他說「心靈感應能力者」，彷彿有股電流瞬間流過身體，讓我很不舒服，我沒說話、不敢說話，也不敢讀李韻的心，總覺得有什麼恐怖的事情。

就這樣看李韻抓自己的頭髮，不發一語，我動也不敢動，當我在想要不要叫警察來的時候，李韻轉過身來，看了我一眼，說了一句：

「對不起。」

然後就匆匆離開。

等到李韻離開有一段距離的時候，我才把右手按上太陽穴，試圖看看李韻到底怎麼了。

一大片黑灰色的霧氣飄來，霧氣還沒散掉，我的腦袋裡突然傳來一陣劇痛，就好像有人在用很鈍的鑽頭鑽開頭蓋骨那樣，我差點叫出聲來，痛得飆出眼淚，蹲了下來，瑟瑟發抖。

李韻的身上肯定發生什麼事情了。

我不知道如何是好，即便想聯繫姊姊，但是連她身在何方、聯繫方式都不知道，於是我匆匆走進店裡面，拿了個「已打烊」的招牌出來，把門鎖好，看了看四周，快步地走回家。

我家離咖啡店很近，走路不用一分鐘就能到了，回到家裡以後我繼續

監視著咖啡店附近的舉動，好險就和平常一樣無聊，甚至連李韻都不再出現過，我想我是真的被嚇到了，我不敢吃飯、不敢睡覺，就這麼過了兩天。

那組男女已經離開了咖啡館，店裡面再度回復冷清，這使得我更加不安。

不到十分鐘，又一組客人進來，是四個穿著黑色西裝、白襯衫的上班族，看起來都頗為年輕，估計也就三十歲出頭，剛過午休時間，有人來買咖啡是很正常的事。

其中三個人先找了位子坐下來，看起來年紀最輕的那一個人往我這裡走來。

「喝什麼？」我無精打采地說。

那個最年輕的上班族頭髮挺長的，蓋住了他的耳朵，他從耳朵裡掏出一個東西，然後比了一個「四」。

他從耳朵裡掏出的東西吸引了我的目光，他雖然把那個東西握在手裡，但我隱約可以看見那是一個「Airpod」，只不過是黑色的，我怎麼沒印象啥時候出了一款黑色的的Airpod，想不到蘋果公司的品味居然變得這麼差。

我回過神來時，才發現那個人在跟我說話，我愣了愣，那個人說的不是中文。

他看我沒聽懂的樣子，不好意思地抓了抓頭，緩慢地又說了一次，同

時指著菜單上面的「美式咖啡」。

這下聽懂了，那個人剛才說的是英文，只不過是口音很重的英文，要不是韓國人，就是日本人，不過我懶得去讀取那四個人的心思，畢竟讀取不同語言的思緒更為費力、複雜。

人的思緒可以粗略分為兩道，第一道，是非語言性的，像是「正向」、「負向」、「遲疑」、「焦躁」，當思緒更清晰的時候，才能夠讀取到具有語言性質的訊號，像是「可以去吃飯了」、「今天好累」，而這些語言性質的訊號往往是由那個人最熟悉的語言所組成的。對我而言，如果要了解那幾個外國人的思緒，我就得花更多力氣去解讀他們的非語言性的思緒，而我今天完全沒有力氣做這件事。

我也朝那個年輕人比了一個「四」，然後點點頭，替他結帳，那個年輕人拿出了幾張鈔票，讓我更加確信他們對中國並不熟悉，現在微信、支付寶等電子支付方式已經全面改變了消費行為，使用現金小額付款的人更是少之又少，這讓我有些煩躁，匆匆替他們結了帳，然後轉身去做咖啡。

於此同時，門上的風鈴再次響了，伴隨著一段急促但不失沉穩的腳步聲。

「喝啥？」我沒回頭，繼續準備四杯美式咖啡。

「嗯，小姐……？小姑娘？小妹妹？不好意思我總是不知道該怎麼稱呼這裡的女孩子。」說話的人帶著明顯的台灣口音，但讓我驚嚇的並不是他的口音，而是我不必刻意都能感受到這個人的思緒。

我轉過頭，眼前的男子穿著白襯衫、牛仔褲與淺褐色的皮鞋，臉上貼著一塊紗布與幾個膚色透氣膠帶。

眼前的男子就是李韻。

比起兩天前，李韻的氣色好一點了，但嘴唇仍然蒼白，黑眼圈深重，估計這兩天也沒睡好，倒是換了一套乾淨的衣服，身上的傷口的整理過了。

「你要幹嘛。」我停下手邊的工作，轉過頭來，沒好氣的說。

「先跟你道歉。我知道兩天前我一定嚇到你了，那時候我剛剛遇到一個比較大的變故，神智也很不清楚，知道自己大概說了一些很離譜的話，希望你不要見怪。」李韻很誠懇地說著。

其實這個人本來就不討厭，可能我對他還略有些好感吧，加上我本來就是一個粗線條的人，他一說完，我的情緒就和緩了一半了。

「原來也沒什麼太大的事情嘛。」我心想。

「喔，也沒什麼事，但你那時候確實是嚇到我了，你也沒事就好。」我說。

「嗯，真的不好意思，我帶了一盒巧克力給你。」說著李韻拿出一個方形的粉紅色盒子，上面寫了一串S開頭的英文……又或者是德文或法文。「這是我之前在瑞士買的，很好吃的，我很喜歡這個牌子。」

李韻是個美食愛好者，他喜歡的巧克力一定很好吃，頓時我對李韻的敵意及恐懼消失得無影無蹤，反正我就是個吃貨。

「喔，其實沒關係的。」不過我還是把巧克力盒接了過來。

「我叫李韻，你呢。」李韻伸出右手。

這種老套的握手禮令人有點不習慣，我連忙在圍裙上擦了擦手，並與李韻互握。

李韻的手掌很厚實，力道很充足，我沒使什麼力，因此這讓我的手掌有些隱隱作痛。

「我叫韓小夢。叫我小夢就好。店裡面還有其他客人呢，我先忙喔，你要喝點什麼？美式咖啡？」

「嗯，不加糖不加奶精，你記性很好嘛。」

「平時店裡也沒啥客人。你等我一下喔。」

這下是五杯美式咖啡了。

「這個店平常就是你一個人在照顧嗎？你自己開的？」李韻問。

「嗯，是呀，我跟我姊姊開的，不過她一般不在上海，我也不知道她在哪。」

「那滿不容易的耶，你好厲害。」

我轉過身來把四杯咖啡放上托盤，李韻還靠在收銀台旁邊，漫不經心地環顧四周。

「你呢，你在上海幹嘛？」雖然大略知道，不過問了會有一種更像在「對話」的感覺，畢竟我要找個聊天的對象也不是件容易的事，這樣說起來，似乎我已經有段時間沒有和人正常的聊天了，姊姊總是要我保持低調。

「我家在台北，來上海出差，不過也快半年了。」

我把托盤放到那群外國人的桌上，走回吧台繼續做李韻要的咖啡。

「喔喔，你是台灣人啊？」當然，這我早就知道了。

「哈哈，我的口音應該還挺明顯的吧，嗯，我從小都是在台北長大的，我猜你應該是上海人。」

「對啊，」我回了一句上海話。「我還沒離開過上海，你挺厲害的嘛。」

「我以前有個女朋友是上海人，所以我對上海口音還是滿敏感的。」

「啊？你交過女朋友？我是說……從來沒……啊，沒聽你說過。」我從沒在李韻的思緒裡讀到任何女孩子的蹤影，以至於我不會把李韻和女孩子連結在一起，我感覺自己說的話笨透了，照理說我們聊天還不到五分鐘。

「嗯，很久以前了。」李韻似乎不放在心上。

「喔，那你現在呢？」我好像說了句愚蠢的話，臉上一陣發熱，還好我是背對著李韻，應該不會被察覺。

李韻沒有回答，沉默了幾秒。

我轉過頭來，尷尬無比，把用馬克杯盛著的美式咖啡放到李韻面前，李韻仰著頭，胸口不斷起伏。

「小夢，你有沒有喜歡過一個人呢？我是說，很喜歡很喜歡那種。」李韻說。

「啊？沒……沒有啊。」這下我連耳根都在發燙了，我總不好意思告訴李韻自己都二十好幾了但沒談過戀愛。

「我最近……剛剛失去了一個人，我真的不知道該怎麼辦才好。」

李韻低下頭，看著我，我驚呆了，然後發現李韻眼角中含著眼淚，李韻突然伸出手，把我的左手拉了過去放在自己的臉頰旁邊，雙眼凝視著我，我還沒反應過來……

一陣黑白交雜的霧氣飄來……一個女孩渾身是血，倒在李韻的懷裡……一個女孩仰著頭微笑著……空氣中，飄著一段聽不懂的英語……沒有見過的城市場景在四周迅速轉換著……一個寫著英文、H

什麼的圖像……

「你幹嘛！」我回過神，把手用力抽回來，大口喘著氣。

李韻凝視著我，皺著眉頭。

我不知道該說什麼，這時我感覺臉龐上兩行淚水劃過，是我自己的淚水。

李韻轉過身。

「如果，你也可以理解那種感受，我希望你可以幫幫我，明天早上九點，我在St. Regis酒店的大堂等你。」李韻回過頭，露出一個僵硬的微笑，「那裡的早餐很好吃。」

說完他就快步地離開，留下我愣在原地。

05　艾瑞克｜上海

「以上就是我們的方案，請問還有什麼我能補充的嗎？」我看向眼前的三名中國男子，三個人都是面無表情，他們穿了不同條紋的西裝，大概四十歲出頭，以投資者的角度來說，算是相對年輕了，中間的人叫吳博士，也是這間專注在高科技行業的私募股權的創辦人。這些日子以來我不斷苦練中文，但對母語是英文的我來說，用中文簡報還是相對吃力，即便我父母都是台灣人，而我有張徹底的華人臉孔。

「艾瑞克，你覺得更自在的話可以用英文，我們都無所謂。」坐在吳博士左手邊的是其中一位合夥人，趙總，他是從美國的華頓商學院畢業，剛才那句話是用英文說的，說得十分流利，但是在特定的發音上還是流露出中國北方人的痕跡，大概是那種從小在中國長大的尖子生，高中或大學畢業之後才去美國讀的書，就我所知他並非家世顯赫，因此我對於他的成就十分欽佩，但我最提防的人也是他，這樣的人往往做事情不擇手段，即便他面色和藹。

「謝謝，艾倫。」我說。

艾倫是趙總的英文名字，不用叫他趙總讓我心裡壓力稍微減輕，畢竟我仍然不是很習慣中國職場裡階級分明的那一套。

「我沒什麼問題了。」吳博士的右手邊，是王博士，也是這間私募股權的合夥人兼首席科學官，在美國史丹佛大學和麻省理工學院各有一個博士學位，我想他或許是今天最難纏的一個，在我講解完產品的作用原理之後，可以明顯察覺到他的注意力已經不在這個會議室裡了。

他完全不認可我講的每一件事。

該死，要是勞倫斯在這裡就好了。

吳博士低下頭，然後又抬起頭，張開嘴半晌，然後用英文說：「如果你們真的能做出來的話，很酷，但是⋯⋯嗯，我沒什麼問題了，今天還是很謝謝你，艾瑞克，很精彩的分享，用中文說的話這叫『腦洞大開』。」

精彩⋯⋯放屁。

吳博士邊說邊站起身來，其他兩個人也同時站起來，我識相的話就應該向前握手，然後摸摸鼻子離開。

但我不打算這麼做，至少不是在今天。

正當吳博士一邊和其他兩個人聊天一邊走到我面前，伸出右手時，我同時從西裝外套左邊的內袋裡掏出了一個黑色、像是藍牙耳機的小型機器，機身上印了一個斜體、紅色的「R」。

「這是原型。」我緩慢地說出這句話。

「酷，造型和蘋果公司的Airpod很像。」王博士說。

「這就是一個Airpod。」趙總笑著說。

唯獨吳博士盯著我手上的機器看。

「我想你應該試一下，這叫MC 4，吳博士，儘管還不是很成熟。」

吳博士半信半疑地從我手中接過MC 4：「你剛剛沒提到你們做出原型了。」

「因為還不是很成熟，但你放心，對人體無害，掛在耳朵上就可以了。」我說。

吳博士接過MC 4，並掛在他的右耳上。

「嘿，確保你的iphone音樂調小了，不能傷到我們老闆的耳朵。」趙總說，王博士也笑了。

其實我幽默感還不錯，但我現在無暇理會他們，專注看著吳博士的表情變化。

吳博士的表情沒有變化，他盯著我看，然後分別轉頭看看趙總和王博士，他們兩個仍在笑，但是沒有說話。

吳博士把MC 4從右耳拆下，交還到我手上，不發一語。

他舔了舔嘴唇，吞了一口口水，一字一句說：

「這個到底是怎麼回事？」

「你剛才看見什麼了？」我微笑著。

「那是……Dom Perignon？你在開香檳？」吳博士瞪大了眼。

我不用轉頭，光靠想像就能知道其他兩個人現在臉上的詫異與困惑。

我朝吳博士點了點頭。

「可以說是在慶祝人類未來的到來……這麼說挺老套的，容我向你介紹……」我頓了頓。

「真正『心靈感應能力』，吳博士。」

06　李韻｜上海

「518幫我退房謝謝。」我遞出一張房卡，給到櫃台的服務人員。

「李先生您好，小冰箱裡的酒水零食有消費嗎？」櫃台人員說。

「沒有。」

「好的，用您預授權的信用卡直接扣款行嗎？」

「可以。」

「這次入住的體驗滿意嗎？」

「很好。」

我一邊回答，一邊心不在焉地四處觀望，我的心思完全不在這裡，等了一個早上那個叫韓小夢的女孩還是沒有出現，或許事情和我想的不太一樣，但總是要有下一步計劃的，而坐以待斃絕對不是個好方法。

「韻？」

是一個男性的聲音，老實說我失望了一下。

我轉過頭，眼前是一個梳著油頭，穿著剪裁合身灰色西裝的中年男子，他的身材維持地非常好，胸肌彷彿快要將襯衫給撐破了，眉目間釋放出一股強大的自信。

「艾瑞克？」

我瞪大了眼睛望著眼前的人。

我們各走兩步向前，伸出右手拍了彼此的背。

「你怎麼會在上海？我以為你回美國了？」我用英文說。

「有段時間沒來了，這次是來出差的。」艾瑞克微笑回答。

艾瑞克是我幾年前在上海工作時的老闆，美籍華僑，後來為了家庭回到美國，我去歐洲讀書之後就和他沒怎麼連絡了，因此見到艾瑞克讓我十分意外。

「是來見客戶嗎？中國還有案子在做？」我問。

艾瑞克搖搖頭：

「不，我不在之前那間公司了。我自己開了一間公司。」

「酷！恭喜！」我開心地伸出手和艾瑞克互握，艾瑞克微笑，拍拍我的手背。「看你精神很好，公司應該很順利。」

「嗯，目前都不錯。你呢？你已經畢業了吧？」艾瑞克問。

「嗯，我現在回台灣了，這次是來上海出差。」

艾瑞克點點頭，然後說：

「其實我最近也想聯絡你的，我們在中國的辦公室正在招募，如果你可以來幫我的話一定很棒。」

艾瑞克嚴肅的說。

我笑了：「謝謝艾瑞克，不過坦白說我最近有點累，可能會休息一陣子，暫時不想吧。」

「你要離職了……你沒事吧？」艾瑞克有點驚訝，同時在自己臉頰上

畫了個圈，我想他的意思是問我是否這個決定和我臉上的紗布有關。

我搖搖頭：「還沒決定，但可能會申請留職停薪吧。」

「嗯，你可以好好想一想。我現在做的事情真的很酷，這次來上海就是來見幾個創投，已經確定拿到A輪投資了，前幾天才剛從東京回來，見了一些合作夥伴……

「韻，我們真的是在做一些改變世界的事。」

艾瑞克雙眼凝視著我，我微笑，沒有說話。

「你想想吧。」艾瑞克拉起行李拉桿，往前一步和我擁抱。

「公司名字叫什麼？我回去查查。」

「叫睿思，我寄信給你。」艾瑞克一邊走一邊向我作勢在手機上打字。

「當然，保持聯絡。」我向艾瑞克揮手。

「保持聯絡。」

我也拉起行李，向櫃檯問了一句：

「這樣就好了對吧。」

「您的退房手續已經辦好了，需要幫您叫個車嗎？」

「嗯，去……」我拿出手機，查詢自己的航班。「虹橋二號航……」

我抬起頭時，眼前一個穿著黑色連衣裙，背著一個帆布背包，中長黑髮，皮膚白皙，一雙鳳眼，身材嬌小的年輕女子在飯店門口四處張望著。

我笑了。

「不好意思，不用了叫車了，謝謝。」

說著，我拉著行李箱朝那個女孩子走去。

「這個時間吃早餐有點晚了吧。」我笑著，眼前的女孩就是韓小夢。

「哇！你嚇死誰呀，一聲不吭跑出來。」小夢瞪大了眼睛。

我苦笑：「哪來一聲不吭啊，我這不是在跟你說話了嗎。」

小夢瞪了我一眼。

「我肚子餓了，還有早餐不啦。」

「妹妹，十一點半了哪還有早餐啊。」

「哦。」小夢吐了吐舌頭。

「你喜歡日本料理嗎？對面有一家日本料理店的味噌牛舌是全上海最好的。」

「這個信息量太大了，我沒搞明白啊，」在日本料理店的包廂裡，韓

小夢坐在我對面，夾了一塊牛舌放進嘴裡，「所以簡單的說，你和你的前女友碰面……」

「嗯，她不是我前女友，我喜歡她，她不喜歡我。」我說。

「唉呀，別打斷我……嗯，這個牛舌哆了……總之，你和那個日本姑娘見面，來了一個黑衣人，說你有超能力，然後把你的女朋友給殺了，對吧？」小夢一邊嚼著嘴裡的食物。

「嗯，」我本來還想再強調一次香織不是我女朋友，不過話又吞了回去，「關鍵是，香織在我懷裡時，她在我腦海裡……其實我也不知道香織，還是那個機器的作用，那時候我腦海裡看到了好多畫面，我想都是我們以前去過的地方……聖托里尼、聖保羅、杜布羅夫尼克……還有香織的聲音，我總覺得，香織是要告訴我什麼……還有那個日本人，他為什麼找上我？還有，那時候我為什麼會在我的腦中看到你，而你真的就是一個心靈感應能力者？」我抓著頭，彷彿腦袋要爆開來了。

小夢從容地吃完最後一口飯，然後說：「我也沒聽懂。好了，不管怎樣，我先看一下你腦袋裡面的東西吧，如果你說她死的時候你腦袋中出現了那些東西，那我肯定是能看到的。」

我點點頭。

小夢用餐巾擦了擦嘴：「你放鬆一點喔，試著別有什麼情緒，之前有次我讀你的心的時候腦袋痛死了……開始囉。」

小夢深吸一口氣，開始按摩自己兩邊的太陽穴，雙眼緊閉。

我嘗試放鬆，但哪放鬆的下來，畢竟這是我第一次「主動」給別人讀心，我緊張地看著小夢。

小夢眼睛越閉越緊，甚至還微微發抖著，彷彿正在承受一種痛苦，劇烈地喘著氣，然後呼吸才慢慢平穩下來，神情逐漸放鬆，但依然皺著眉頭，我忐忑不安地看著她，大概過了五分鐘吧，她才把手放下、眼睛睜開。

「她有話要告訴你。」

07　韓小夢｜上海

我覺得頭很脹，脹到快要裂開。

我不是第一次讀李韻的心，但沒有一次像這次這麼辛苦。

一開始，我其實挺害怕的，之前一次讀李韻的心的時候，我痛到飆出了眼淚，當時我不明白那是什麼，現在我估計和黑衣日本人對李韻使用的機器有關，那個機器一定是影響了李韻的腦波，所以才會讓李韻這麼痛苦，間接也透過李韻的腦波傳到我的身上。

這或許也說得通，為什麼李韻會在出事之後想到我。

很有可能就是機器、李韻和我，三者的腦波信號互相干擾下的結果。

不過這也只是猜測，再複雜的事情我的腦子就負荷不了了。

「你要不要吃一粒？」李韻遞給我一個紅色包裝的盒子，看上去是個藥盒。

「這啥？」我揉著太陽穴，依然疼痛不止。

「普拿疼，是一種止痛藥，我最近頭痛的時候都會吃的。」

我接過那個盒子，拿出一粒藥，摻水吞了下去，然後才想到我不應該吃陌生人給的藥丸，但頭實在太痛了，也管不了這麼多。

「我去，你腦子是不是壞掉了，每次讀你的心我都痛得要命！」

「不好意思。」李韻露出抱歉的表情，他的黑眼圈很深，我想這種疼

痛他現在每天都要經歷好幾次，也不想再說他了。

「香織想表達的話⋯⋯我不知道，她可能要告訴你⋯⋯她也喜歡你吧⋯⋯」

「什麼！！」李韻倏地站起身來。

還好我們在包廂裡，不然丟死人了。

「叫啥呢！」我用氣音說，瞪著李韻。

「不好意思，我沒有搞清楚你的意思，香織留給我的訊息是，『她喜歡我』？」李韻睜大了眼。

我猛搖頭，「不是這個意思，哎呀，挺複雜的，如果不是說她也喜歡你的話，幹嘛大費周章地給你看這麼多東西啊？」

「我沒聽懂⋯⋯」李韻一臉疑惑。

「哎呀，我想想怎麼說⋯⋯」我低下頭，試圖理一下思緒。

「好，首先呢，那個讓人頭痛到炸的機器，也就是那個黑衣人手裡的機器，我想它的作用是放大彼此的腦波，然後互相影響，但這個我也說不清楚，就先別管了，至少你可以把它想像成是一個暫時的『心靈感應能力激活器』，要不完全沒法解釋之後的事情了。」

李韻點點頭。

其實這也只是我的推測，但是看李韻挺信服的樣子，給了我信心說下去。

「然後呢，香織在死前，讓你看到的那些畫面⋯⋯我不知道她為什麼能製造出那些畫面，那個東西，我感覺很像是『提示性記憶』。」

「『提示性記憶』？」

「嗯，我也是聽姊姊說的，舉個簡單的例子，我們在回憶事情的時候，有時候有一種感覺是『隱約記得某件事』，但就是想不起來，直到我們看到一個『提示物』，可能是一段音樂、一個符號、一種味道、一個聲音啦，然後就會有『啊，原來是這個樣子』的感覺。」

李韻點點頭，「嗯，所以就是要找出來香織給我的那些『提示物』到底是什麼，對吧？」

「嗯……不對，不是『一些』提示物，而是『一個』。在你腦海裡的畫面，有沒有看到一串英文字母？」

「你這麼說……好像有，但我完全不記得那是什麼東西了，就連那幾個英文字母是什麼都很模糊。」

「哎呀！這麼關鍵的事！你好好想想！」

李韻用力閉上眼睛，甩了兩下頭，我靜靜地看著他，剛才吃了止疼片之後頭痛沒那麼厲害了。

……還好真的是止疼片……

「嗯……不好意思，我覺得越刻意越想不起來……你能看到嗎？」李韻求助似地看向我。

我嘆了口氣：「我再試一下。」

我再度按住太陽穴，不知道是不是吃了藥的關係，感覺我的集中度也下降了，那幾個英文字就好像一團霧一樣，我依稀看到有個H，但越努力看越看不清楚。

「不行，我感覺，那個東西已經進到了你記憶的深處，不是這麼容易能找到的。」我煩躁地說。

李韻沉默了一會。

這時候服務員進來買單，給我們送上了兩杯黑咖啡，李韻結了帳，喝了一口咖啡，仍是沒說話。

我皺著眉頭，也不知道如何是好，連咖啡也不想喝……我自己就是賣咖啡的。

「好，」李韻突然說：「所以呢，有幾件事情是沒有答案的，

1. 那個黑衣人是誰？如果是一個組織的話，那個組織是幹什麼的？

2. 那個機器是幹嘛的？對我到底產生了什麼影響？

3. 香織和那個組織的關係是什麼？

4. 香織為什麼能給我『提示性記憶』？如果『2』能夠解答，這個問題應該就有了答案。

5. 那個『提示物』到底是什麼？

6. 香織給我的『提示性記憶』是什麼？她到底想跟我說什麼？」

我點點頭，李韻看起來就是一個很聰明的人，一下子把問題理得一清二楚。

「嗯，所以『5』是關鍵，只要知道『5』，其他事情大概就有答案了……」李韻說。

「似乎是吧。」我說。

「對了，你剛才說過你有個姊姊，你姊姊和你有一樣的能力是嗎？我是說，能不能找你姊姊幫忙呢？」

「姊姊和我的能力差得可多了，姊姊是個超級厲害的心靈感應能力者，如果她在的話幾秒鐘就能知道發生什麼事情了。」我驕傲地說。

「不過她不在上海，她在哪我也不知道，而且姊姊也不希望我把能力透露給別人知道，要是被她知道你的事情，她估計要把你的記憶給洗掉哩。」

李韻垂下頭，陷入沉思。

「你覺得……看到那些場景會對我找到那個『提示物』有幫助嗎？」李韻問。

「那肯定呀，那個『提示物』肯定是你看過的東西。」

李韻又沉默了一會，然後把咖啡喝完。

「小夢，」他抬頭看向我，眼神嚴肅無比。

「你有沒有興趣去『聖托里尼』走一走？」

08　韓小夢｜聖托里尼

「Yun Chan……她這樣叫你嗎？」從雅典前往聖托里尼的飛機上，我好奇地問李韻，踢著前排的椅子。

「嗯，中文的話，可能就是『小韻』的意思吧。」我們坐在走道旁的坐位，他側過三分之一的頭，點了點。

「小韻……那我也這樣叫你行嗎？」我笑著輕輕推了李韻的肩膀。

「好啊，但如果你覺得更自在的話，你可以繼續叫我『喂』。」李韻的肩膀抖了幾下。

「喂！喂！喂！」我又戳了他好幾下。

李韻還真的是挺厲害的，像我這樣從來沒出過國的護照白本，不到一個禮拜的時間就讓我拿到希臘的簽證了。

到現在我都還無法相信自己居然真的答應與他同行，有好幾個瞬間我都覺得自己是不是瘋了，然後又有好幾個瞬間，我覺得我拒絕了才是瘋了。

聖托里尼呢！

號稱全世界最浪漫的、擁有全世界最美麗的夕陽！

在李韻的回憶裡面我看過聖托里尼的景色幾次，每一次我都忍不住多看那幅景色好幾眼。

除了普通話和上海話以外，我認識的單詞沒幾個，姊姊就只讓我待在咖啡館，說去哪都很危險，也不告訴我為啥危險，我知道姊姊肯定不會害我，但世界這麼大，我也想去看看哪，況且……大概是在接觸了李韻之後吧，即使是在那段我「偷窺」他內心世界的日子裡，我都能感覺到上海以外的世界有多麼精采繽紛。

反正我就去個三天，我自己也查過了，聖托里尼是希臘南方的一個小島，三天肯定也就逛完了，到時候我就立馬回上海，姊姊不可能發現的。

我想李韻應該不是個壞人吧，我偷偷看著他的側臉，看不出來他心情好壞，大概……又是在想香織吧。

「喂……小韻，你們是怎麼認識的啊？」
李韻仰起頭，彷彿在看著很遠很遠的地方。

「在我入學的第一天，我有點遲到了，進到教室後，急著要找個位子，當我經過一個女孩子的身旁，看到她對著我微笑，過了大概一秒之後，我才發現，『哇，那是我見過最美的笑容了』，我退後了幾步，問那個女孩的名字是什麼，她說……」

「淺田香織。」我立刻接著說完。「老套！什麼最美的笑容啊，當她

是維納斯嗎！」我忍不住大笑著。

「如果你真的遇上了這麼一個人，你就會相信了。」李韻陶醉在其中。

「那你說她笑起來是什麼樣子呀？」

「這要看情況囉，如果是禮貌性的微笑，香織會咧開嘴，眼睛變得像月亮那樣，整個臉都在笑……如果是為了照相而笑的話，她會閉著嘴笑，眼睛就和平常一樣……如果是假笑，她會嘴巴閉著，然後眼睛瞇起來。」李韻細細數著。

「那真笑呢？」

「這也要看情況，如果是和一大群人在一起的話，她的嘴巴會張得很大，笑得很大聲，如果只有我們的話……」李韻嘆了口氣，眼神望向了遠方，「她會先低下頭，深呼吸，然後仰起頭來，不會張開嘴，但眼睛會瞇起來，這時候她的魚尾紋會特別明顯……哈哈……接著，她會點點頭，說：『謝謝，小韻，我很喜歡』。」

「嗯……」

「其實，我總覺得……每當看到她這個表情，就好像看到她在說『雖然我很開心，但你大可不必這樣』。」

「簡直了，你可以出一套淺田香織的百科全書了。」我翻了他一個白眼。「不過如果有個人可以這麼了解我的話，應該是很美的事情吧。」

「我倒不覺得我自己了解她，至少很多時候我都不明白她在想什麼。」李韻搖搖頭。

「後來呢？你們怎麼走到一塊的？」

「其實一開始的時候我就知道她有男朋友了，而且我們之間存在太多差異了，她是日本人，我是台灣人，我們之間差了五歲，她是公司贊助過來的，以後一定會回去日本，而我連下個地方去哪都不知道。所以一開始我也沒多想，直到有次我們和其他同學一起去了里斯本玩，我有了很多機會和她說話，才發現，她比我想像中的更有魅力。香織可以像一個三十出頭的女性成熟而優雅，也可以像一個二十出頭的小女孩那樣可愛。她總是為大家著想，想辦法讓所有人都開心，也因此常常不知道如何拒絕別人而搞得自己很累。她的氣質與優雅呈現出一個很穩定的狀態，我想，那是因為她經歷過了很多事情，看過好的、看過壞的，所以能夠處變不驚，也不必汲汲營營，知道自己想要什麼，也知道自己不想要什麼。在高級餐廳吃飯時能像大家閨秀一樣，也能夠自在地吃路邊攤，而最讓我心動的一個地方是，她的眼睛仍然閃爍著對新事物的好奇。」我雖然看不到他的臉，但可以感覺李韻是很認真地在說這件事。

「……喔，當然啦，還有一些日本女生的招數，她們總是可以讓男人覺得自己很重要。」李韻笑了幾聲。

「你……真的很喜歡她。」我忍不住點了點頭。

「當我發現我喜歡上她的時候，我覺得這是不對的，試圖要控制自己的思緒，我還因此去學『冥想』呢！」李韻搖了搖頭。

「唉，你要是認識我姊姊就好啦，她可以把你的記憶消除掉！」我嘆了口氣。

「你不也可以嗎？」

我漲紅了臉，即使他沒看見，「我只能做心靈溝通和讀取記憶而已啦……姊姊的能力比我厲害多了，不過我也有自己的『祕密武

器』！」

「哦，是啥？」李韻笑著。

「傻子，都說是祕密了怎麼會告訴你，不說這個了，那『冥想』有用沒？」

「有用的話事情就不會變成現在這個樣子啦。」李韻苦笑。「後來我決定認認真真地追她，所以我就約她來希臘玩。」

「哇塞！只有你們兩個嗎？這說明她對你還挺有好感的啊！」

「沒有，還有另一個女生朋友，我們一起先去了別的城市，然後我們兩個再自己去聖托里尼，我還記得我們一起出發來希臘的時候，我替自己和香織買了蛋塔當早餐，但沒有幫另外一個人準備，我就趁那個女生在掛行李的時候拿給香織，喔，那時我們兩個在旁邊等，不需要掛行李。吃的時候我告訴香織我們要趕快吃完，不然會被那個女生發現，香織就說：『那你最好把你的嘴巴擦乾淨。』我才發現我吃得滿嘴都是。」李韻傻呼呼地笑著。「我倒不覺得她是對我有什麼好感，她只是不太會拒絕別人，然後可能覺得我很無害吧。」

「嗯，你看起來就是個好人，就算跟你睡一張床我也相信你不會幹出什麼事來。」

「哈哈，謝謝你這麼相信我啊。」李韻乾笑了幾聲。

這時我才發覺剛才這麼講似乎有些失禮，不過說了都說了。正好機長廣播，說了一串英文，應該就是要下降的意思了，李韻側回他轉過來的三分之一的臉，我躺回椅背上，不知不覺中，「淺田香織」這個女孩子的形象在我腦海裡越來越清晰。

09　李韻｜聖托里尼

聖托里尼是位於希臘南方、愛琴海上的的一座火山島，以整片藍白色的建築以及無垠無涯的藍天聞名，也是許多人拍婚紗照或度蜜月的首選。

下了飛機之後，我走到出口，拿起電話撥了一個號碼，溝通了一些事情後，對著旁邊的一個嬌小的女孩子說：

「香織，我們租的車子要在十五分鐘後才會來接我們，在這裡等一下吧。」

香織嘟著嘴：「這種事情在日本是不會發生的。」

「哈哈，歡迎你到聖托里尼來。」我開心地笑著。

辦完租車手續後，我負責開車，香織幫忙導航，一路前往入住的度假村。整個聖托里尼島並不大，開車環島一圈大概也只需要兩個小時，最著名的兩個小鎮分別是費拉與伊亞，費拉是市中心，伊亞位於島的北部，那裡可以看到號稱是世界最美麗的日落。我和香織即將入住的度假村則座落在伊亞附近。

從機場離開大約開了一個小時的車，最後開進了一條小路，那條路非

常狹窄且隱蔽，一次只能容納一台車，路旁長滿了比人還要高的草，我一度懷疑自己是不是走錯地方了，但也不敢和香織提起，如果走錯了香織大概會很不高興，好在，最後我們在小路盡頭看到了指標，左轉上坡後，有如柳暗花明又一村般地看到一大片花園，花園中間有棟別墅，那就是度假村所在的地方。

「哇！終於到了！」香織走下車，用力伸了個懶腰。「哇！我們可以看到海耶！」

香織的聲音聽起來十分開心，我走向後車廂拿我們兩個的行李，這時候我聽到一聲宏亮的：

「歡迎！」

說的是英文，一個年紀約五十歲左右，滿頭灰白髮的男子從屋裡跑出來，張開雙手抱住香織，當他看到我的時候，連忙放開香織走過來和我握手：

「你一定就是『願』了！」

「你好，我是李韻。」我有些尷尬，這也不是我第一次被外國人叫錯名字了，我曾經想取個英文名字叫麥可，後來我發現像台灣人這樣會幫自己取英文名字在全世界來說反而是個少數的現象，所以我還是堅持要別人叫我李韻，即便這需要花費不少溝通成本。

「『願』？」男子試圖再唸一次。

「是，『韻』。」我緩慢地又說了一次。

男子拍了拍自己的腦袋：

「中文對我來說實在太複雜了，願先生你好，我是這裡的主人，亞尼斯，你知道亞尼斯是什麼意思嗎？代表仁慈的上帝！」亞尼斯仰起脖子，伸出雙手。「我以前是機長，退休後來這裡開度假村，這裡的一花一草、一磚一瓦都是我設計的，你們一定會享受這裡的，非常、非常的漂亮。」

亞尼斯實在是驚人地健談，根本無從阻止，我一直試圖要打斷他，因為我們要趕在一個半小時內去看日落，但香織則是專注地看著亞尼斯，一直微笑點頭。

我終於抓到一個逗點，「是這樣的，亞尼斯，我們現在打算去看日落……」但沒想到說到一半又被亞尼斯打斷。

「喔！日落！日落在聖托里尼是非常漂亮的！最美的日落你知道在哪裡嗎？你們可以參加一個一日遊，會帶你們到火山去，然後可以邊烤肉、邊看日落，噢！又或者，你們可以坐船在愛琴海上看日落，相信我，你們一定會享受它的……」

香織依然微笑著看著亞尼斯，不時點點頭。

「其實我們現在就要去看，可以先讓我們進去放個行李嗎？」儘管失禮，我還是硬插了一句話進去。

「噢！不好意思，我都忘了你們還沒進到我的屋子來，快進來！」亞尼斯拿走我手中其中一件行李，然後領著我們走進屋子。

「這裡的一樓只有一個套房，裡面有兩個房間，在這三天內完全屬於你們，明天樓上會有一對夫婦來，但完全不會干擾到你們，你們有足夠的空間，你看這裡的畫、花瓶都是我親自去買來跟搭配的，非常的漂亮，也請你們要好好愛護它……」亞尼斯東摸摸、西摸摸，把房間裡面的每個擺飾都拿起來向我們介紹了一遍，香織非常專注，一路跟

著亞尼斯走，不時發出驚嘆的聲音。

「亞尼斯，實際上我們現在就要離開了，我們想問一下要怎麼去伊亞看日落。」好吧，我已經習慣這樣的模式了。

「喔！伊亞！非常美的地方，對，那裡可以看日落，很多人在那邊看日落，但你知道，最美的日落，你需要搭船到愛琴海的中央……」亞尼斯再度沉浸在自己的世界中。

「對，我知道，我們可能明天去搭船吧，但是我們現在該如何去伊亞呢？」不行，時間已經不夠了，比起失禮，我更害怕香織失望，然後轉為生氣。

「非常簡單，在聖托里尼島上只有一條路，你就沿著這條路開，看到很多人的時候就可以停車了，如果你發現沒有停車位……」香織和我都聚精會神地聽著。「你就再往前開，一定會找到停車位的。」

當下我心中大喊：「這不是一句廢話嗎！」而香織依然不斷地點著頭，就連點頭的節奏都非常固定。

「到了那裡，你會看到非常美的景色，你們會被嚇壞，但是不要被嚇壞，你會享受那裡的美景的。」亞尼斯攤開雙手，作為他演講的一個完美句點，又或者是一個逗號……我所害怕的逗號。

不過還好，我已經收拾好了重要的東西，對香織使了個眼色：「好的謝謝你，亞尼斯，我們明天見！。」

亞尼斯似乎還想說什麼，但我趕緊輕拍香織的背，略施點力，示意她快點回到車上。

「天哪，他到底在說什麼？『你會被嚇壞，但是不要被嚇壞』，這個老先生好有趣喔。」香織笑著。

我開著車，照著亞尼斯所說的順著路走，「香織，你不能這樣，你越是認真地看著他，會鼓勵他越講越多的。」

「但不看他是不禮貌的，可憐的老先生，他以前是機長，所以一定和很多人一起工作，需要一直講話，但搬到這裡來之後可能很少人能跟他說話了。」

「這是真的，這個老先生太瘋狂了……」我說到一半，眼前出現了叉路，我當下只想掐死亞尼斯，「不好意思，你等我一下。」

我把車停在路邊，趕緊找了幾個人問路，然後再回到車上。

「其實非常簡單，我們沿著左邊這條路走，就會在右手邊看到一個碉堡，那就是最著名看日落的地方。」我一邊從P檔換到D檔一邊說。

「那我們最好快一點，因為已經快日落了。」香織點點頭。

又開了十五分鐘左右，我終於找到了碉堡的位置，停好了車，和香織一同前往觀賞日落的地點。還好大約要再半小時太陽才會完全沒入海平面，我們還有充裕的時間可以走去觀景點。公認最佳的觀景點位於一個碉堡上，那裡也是多數聖托里尼明信片會出現的場景，要抵達那個碉堡，需要先進入伊亞的小巷子裡，走一段石階過去。石階上有幾隻慵懶的小狗躺在路中央，經過一隻小狗時，香織蹲了下來，試圖摸摸他，結果小狗突然醒過來，向香織叫了一聲，嚇得香織撲到我的懷中，我當下恨不得那條狗多叫幾聲。石階有些陡峭，沿路上我不時攙

扶著香織的手臂經過，要爬上碉堡時，我扶著香織的手腕，香織搖搖頭：「這樣子才對。」香織把手腕輕輕滑開，然後把手掌放到我的手中。

那一瞬間一股酥麻感從手掌貫穿我的全身，雖然這不是我第一次牽女孩子的手，但這次卻帶給我一種異樣的感覺，香織的手很小，細緻而柔軟，好像一用力就會把她捏傷。

我牽著香織爬上了碉堡。

「哇～～」香織驚呼。「好漂亮啊！」

從碉堡往夕陽的方向看過去，左手邊是一大片湛藍的愛琴海，右手邊是如童話世界般、藍白色錯落的建築，以及聖托里尼的標誌洞穴屋，可以看到右手邊有幾座風車，隱約還能聽到風聲自風扇間流竄出，旅人比想像中的還要多，有的人專程來攝影，帶了專業齊全的攝影設備，也因此擋住了整條走道，與其他遊人發生了爭執，有的人與三五好友一同前來，不時幫彼此拍照，更多的是情侶檔，牽著手、搭著肩望向夕陽。

我勉強找到了一個高點，拉著香織爬了上去。

「難怪許多人是如此形容聖托里尼的夕陽，讓攝影師讚嘆，讓藝術家沉醉，讓戀人相信這將是幸福開始的地方。」我望著夕陽說著，然後看了香織一眼。

香織微笑，沒有說話。

隨著夕陽慢慢沒入海平線，周圍的景色也隨之變化，伊亞小鎮的燈光亮起，點綴出白色建築與懸崖峭壁交融下的奇幻朦朧，天色漸暗，海水也被晚霞染成了紫藍色，等到太陽完全消失後，遊人才慢慢散去。

「我們走吧？」我問香織，而香織點點頭。

我從石牆上爬了下來，然後牽起香織的手，香織仍看著遠方，並沒有要下來的意思，我傻傻地看著香織，夕陽餘暉映照著香織的臉，是那麼優雅、那麼的美，而此刻我正握著香織的手，幾乎不敢相信自己竟如此幸運，能與香織共度這個時刻。

隔了一會，香織才點點頭說：「好美，平靜而充滿變幻。」然後牽著我的手跳下來。

我們在伊亞用了晚餐之後，就開車回到了飯店，香織已經很疲倦了，一回到度假村就睡著了。

我拉了張椅子到戶外看星空，在聖托里尼夏天的夜晚，一抬頭便可看到繁星燦爛，即便香織現在不在我的身旁，我也只覺此生無求、了無遺憾。

- - - - - -

隔天一早，我幫香織準備好了早餐、泡了咖啡，在花園裡等著香織，香織推開了門，和我揮揮手：「早安。」然後看到早餐，驚訝地說：「你為我準備的嗎？」

我笑著點點頭，覺得這就是我要的效果：「快坐下來吃吧。」

香織還沒化妝，另有一種素雅的美。香織坐了下來，那個位置可以直接看到海，我們就邊看著海，邊吃早餐。

「謝謝你，韻。」香織對著我笑。

突然，香織哼起了一首日文歌。

唱到後來香織應該是不記得歌詞了，隨著旋律「哼」了幾句。

「這首歌我聽過耶，在粵語裡也有這一首歌，叫做『紅日』。」我說。

「喔真的嗎？」香織揚起了眉毛。「這首歌叫做『最重要的事』我很喜歡這首歌的含義，很正向。」

「歌詞是什麼意思呢？」

香織仰著頭想了一下，「大概就是說再困難也不放棄希望，之類之類的……要努力！」說著香織頑皮的一笑，點了點頭，最後一句話是用日文說的。

我也笑著說「要努力」，香織講起日文的樣子真是可愛極了，好希望我有朝一日能夠用日文和她對話。

「為什麼你叫我『Yun』，不叫我『Yun Chan』呢？我們有個同學叫『Gen』，你都叫他『Gen Chan』對吧？」我好奇地說。

香織微笑搖搖頭，喝了一口咖啡，並沒有說話。

我們就這樣靜靜地看著海。

過了一會，香織吃的差不多了，轉過頭來看向我：

「這裡真的好美，謝謝你的安排……『Yun Chan』。」說完香織抿著嘴一笑。

我傻傻地看著香織，點點頭說：

「對啊，真的，好美。」

10　韓小夢｜聖托里尼

我和李韻在聖托里尼逛了三天，還是沒找到那個「提示物」，他每去到一個地方，就會和我說說當時香織和他在那裡發生了什麼事情，不需要讀他的心我都可以感覺到他當時的心情簡直要飛上天了。

「這個就是你們吃早餐的地方是嗎？」我和李韻在花園裡散著步，漫不經心地踢著石頭。

「對啊，不過不知道為什麼這次沒有看到那個很多話的老闆。」李韻忍不住笑了。

「那後來在聖托里尼怎麼樣了呀？」我看向李韻。

「後來啊，後來我就惹她生氣了。」李韻抓抓頭。

「為什麼啊？」我張大嘴，真是出人意料，「前面我看挺好的啊。」

「我也不知道，那天我們先去了市中心費拉小鎮，可能因為天氣很熱吧，路上她不太說話，臉色也不太好看，一直到傍晚才好一點，晚上我們去了黑沙灘，我看她心情不太好，想說點話逗她開心……」

「我估計你又說錯話了對吧……」

「哈哈對啊，那是我第一次看到她這麼生氣，我先說了『你不笑的時候看起來很嚴肅耶』，她看了我一眼沒有說話，然後隔了一陣子我又說，所以通常當日本女生收到禮物的時候會說什麼呢？她說『U Re

Shi』，我又說，即便你不喜歡也會這麼說嗎？她停下來跟我說，不管什麼禮物她都很喜歡，我這樣子說話很不成熟。」李韻的表情看起來充滿尷尬、自責與惋惜。

「你真夠傻了，哪有人這麼說話的啊！」我說。

「只要每次她有負面的情緒，我就不知道該如何是好。結果她說她累了，我們就找個沙灘椅坐下，香織就直接睡著了，我就坐在那等她睡了十五分鐘。她醒來後心情好像也沒有變好，不太和我說話，我們就去黑沙灘旁邊吃晚餐，那一帶全都是酒吧和餐廳，希臘人又很熱情，有個招攬生意的希臘人就從路邊跳出來嚇她……你猜她什麼反應？」李韻問我。

「就我對她的認識，就算不喜歡，大概還是會笑著搖搖頭吧。」我摸著下巴幻想著。

「我也是這麼想的，結果她瞪了那個希臘人一眼，看起來很生氣，那個希臘人也嚇到了。」

「所以說她真是生氣了。」

「嗯。」李韻點點頭。「後來吃晚餐的時候就沒事了，我們聊了很多對於未來還有工作的看法，比方說一個商業領袖應該有的使命是什麼，最後她還告訴我早上她不開心是因為費拉沒有她想像中的漂亮，我有點吃驚，我告訴她說希望以後她不開心的時候可以告訴我，這樣我至少知道要怎麼改善。」

「告訴你幹嘛……你最會讓她心情更差了……不過我感覺這不是真正的原因。」

「是嗎？其實我也覺得那不是她心情不好的原因，她可能就是單純討厭我。」感覺李韻的情緒明顯低落了起來。

「欸，我覺得哪裡怪怪的。」

不知道是不是因為李韻心境上的變化，我感覺到他頭腦裡出現了另一種腦波。而且讓我有種說不上的熟悉。

不過李韻沒有理會我繼續說：「後來我們就回飯店了，她晚上很容易累，在回去的路上都沒什麼燈，結果她導航到一半睡著了，我們還因此開過頭……喔對了，香織平時的英文是沒有什麼日本口音的，但在她累的時候就會很明顯，比方說『Turn Right』她講起來就很像『Turn Light』……」李韻笑得很開心。

「喂，你有沒有聽到我說話啊，我覺得有些地方怪怪的……」

「我告訴她你累的時候口音好像比較明顯，她差點又生氣了……」李韻依然自顧自地繼續說。

這就是為什麼我不談戀愛了，戀愛中的人，那種盲目是令人難以置信的。

「算了算了，我直接來。」我走向李韻，李韻還沒來得及反應，我已經按住他兩邊的太陽穴，耳畔響起了低鳴，一陣粉紅色的霧氣向我飄來。

- - - - - -

「我好像了解為什麼你會看到聖托里尼、還有其它你們一塊去過的地方的畫面了。」我說。

「什麼意思？你看到了什麼？」李韻皺著眉。

「香織在給你那段『提示性記憶』的時候，不知道為什麼，把她其它的回憶也給到你了。」

「我沒搞懂……」

「也就是說呢，你看到的那幾個畫面，裡面有香織當時的回憶，包括她的想法。」怕李韻覺得太過刺激，這段話我說得小心翼翼。

李韻愣了一下，張口想說話，「那……她當時在想什麼？」最後好不容易擠出這幾個字。

「你們的關係還真是微妙，是在拍電影嗎。」

「怎麼說？」李韻看起來有些不安。

「一開始呢，在看夕陽的時候，我感覺到她的心裡很困惑、很掙扎，但是沒有說出具體的想法，在市中心費拉的時候，是真的不高興了，她有點大小姐脾氣對吧，她覺得這一切你都應該安排好才對，傍晚的時候呢，她心裡頭說了一句……」

「說了什麼？」李韻非常緊張。

「她大概是在說，『對不起小韻，我知道有時候我很任性，但是我不能一直再這樣對你了』。」我小心翼翼地說。「她覺得你們之間存在太多的不同點，你們之間是不會有結果的，但她不知道怎麼拒絕你，只好和你保持距離。」說完之後，我感覺自己好像做錯事了。

一陣尷尬的沉默。

過了好一會，「至少……至少證明了她曾經考慮過對吧，至少我們兩個之間並非是什麼都沒有的。」李韻苦笑。

「小韻……愛情本來就不是你努力就可以獲得的東西，是我姊姊告訴

我的……」

「但是，這又要怎麼解釋她在聖保羅的行為呢？」李韻皺眉。

「聖保羅？那是哪裡啊？」我問。

「聖保羅是巴西最大的城市，雖然不是巴西的首都，但是是整個南美洲最繁華的城市，我們學校有一門選修課是在聖保羅上的，香織和我都選了那門課。」

「哇，為了上一門課從歐洲跑到聖保羅，你可真有錢啊，不過那又代表什麼？」

「呃……聖托里尼之後，我們放了一個暑假，暑假結束的第一門課就是在聖保羅上的，整個暑假我和香織分別在不同的地方實習，偶爾會在Whatsapp上聊聊天，隔了快三個月才在聖保羅見面。」

「大哥，你說話能不能說重點啊。」

李韻一副欲言又止的樣子，然後來回踱步，在我耐心耗盡的前一刻，他走到我面前，一本正經的說：「我得去聖保羅一趟。」

聖保羅……巴西？這也太瘋狂了吧？

李韻深吸一口氣：「我們在聖保羅，有個晚上，住在同一個房間裡……」

我吞了口口水，然後呢？話都不好好說完！

李韻看著我，點點頭，然後又搖搖頭。

從他眼神裡，我好像看明白了，又好像沒明白，總之，突然之間，我感覺自己在「女孩」與「女人」之間，又朝「女人」跨了一步。

11　李韻｜聖保羅

小夢坐在我的左手邊，飛機的窗邊，睡得很熟，讓我不禁想像，一個心靈感應能力者作的夢和其他人一不一樣呢？

每次我一睡著，腦海中就會浮現各種有關香織的影像，往往讓我在睡夢中驚醒並且頭痛不以，所以我開始越睡越少，甚至盡量不睡，但似乎減輕不了我的頭痛，就好像有什麼東西塞在我的太陽穴裡面。我忍不住又打開背包，拿了一顆普拿疼出來吃，現在我一天必須要吃十顆以上才行。

把藥盒放回去的時候，我瞄到了香織送我的那個香袋，我拿起來把玩了一下，裡面的味道早就散去了，我努力回想，卻也很難想起香袋的味道，或者說是香織的味道。

我之前曾經把這個香袋拆開來看過，這個香袋看起來不像是市售的，我猜是她媽媽做的，香織並不擅長也不樂衷於這種針線活，但縫得很精巧，為了讓香袋稍微有立體感，裡面還放了一張小小的硬紙板，那個紙板很像是某個包裝盒上的剪角，寫著「Hofmann」，翻成中文大概就是霍夫曼吧，但看不出來原本是什麼東西的包裝盒。

算了，越想越頭痛，我打開娛樂系統，打算再看一遍玩命關頭七，我看的第一遍就是在上次來聖保羅的飛機上。

腦海中還迴盪著Wiz Khalifa的〈See You Again〉。

「It's been a long day, without you my friend

親愛的朋友，沒有你在身邊的日子總是如此漫長

And I'll tell you all about it when I see you again

當我們再次重逢時，我有好多話想對你說。」

「馬上就要再見到了。」前往南美洲的飛機上，在〈See You Again〉的歌聲裡，看著窗外的白雲，想著幾千公里外，幾年前的場景。

那是隔了三個月的暑假，我再次見到香織的地方。香織從另一個城市出發，早我一個晚上到，我們住的是同一間飯店，我訂了早上六點抵達的班機。本來說好抵達飯店之後要先借用香織的房間梳洗休息一下，因為這麼早還無法辦入住。不過到了機場後，我才發現自己搭了十幾個小時的飛機後滿身狼狽，連鬍子都沒刮，絕對不想在這樣的情況下見到香織，所以傳了一條訊息給香織說我會晚點到，然後在飯店旁邊的星巴克咖啡館待了一個早上。辦好入住後，正好在電梯口遇見香織，香織顯得不太高興，原來她沒收到我的訊息，還因此特別早起等我。那時候，即使是香織微微蹙眉的表情也讓我看得呆了，本來期待著三個月沒見會稍減我對香織的感情，但想不到，半分未減。

「We've come a long way from where we began

我們一路走來，共度無數歲月

Oh I'll tell you all about it when I see you again

當我們再次相聚時，我有好多話要對你一一訴說

When I see you again

我們一定會再見。」

歌聲結束時，機長廣播著：

「我們抵達聖保羅孔戈尼亞斯國際機場了。」

「如果你在聖托里尼說的那個故事是真的的話，那還真的挺勁爆的呢。」小夢說。

我正在辦入住手續，是一間在「聖保羅人大道」附近的飯店。

「當然是真的啊，怎麼說呢，如果說一切是在聖托里尼開始與發展，那就是在聖保羅轉折，最後在杜布羅夫尼克結束，所以我對這座城市有很特別的感覺。」

「看得出來，從你入境的時候就心神不寧，剛剛走進酒店的時候更

是。」

我辦好了入住手續，領著小夢走向電梯：

「那當然了，我們那時候就是住這間飯店的啊。」我微笑著。

「所以你們那時候真的住一間房啊？」

我遲疑了一下，然後點點頭。

「不過你放心，這次我訂了兩個房間。」

小夢扯了扯自己的外套：

「睡一間也是無所謂啦，諒你也不敢對我怎麼樣……」

「我哪敢啊，我有什麼想法應該早被你察覺了吧，我們上去再說吧。」

- - - - - -

小夢安頓好了行李就來到我的房間，我開門讓她進來後繼續收拾著東西，小夢一屁股坐到床上：

「好了，你說吧，你們在這城市裡發生什麼事情了？」

「啊？你要不要直接讀我的心？我是說這樣會不會更清楚一點？」我轉過頭去看著小夢，其實我迫不急待想了解香織當時的想法究竟是什麼。

「喂，大哥啊，你唸書的時候有做過報告嗎？你把整理好的資料發給我不是簡單點嗎？讀你的心就好像在看原始資料一樣，很累人的好嗎。我口好渴，有水嗎？」

我遞了罐水給她，然後拉張椅子坐了下來。

「嗯，我們來到了聖保羅之後她就不太跟我說話，其中有個晚上她沒有地方過夜，正好我室友那天晚上也不在，她就問我能不能來我的房間過一晚，然後就是像我在聖托里尼跟你說的那樣⋯⋯」

「喂喂喂，你說得太快了，其中忽略了很多關鍵信息吧。」

「你是問哪一段⋯⋯？」我問。

「還有你講的也很不中立啊，什麼叫做不太說話呢？說不定這都是你自己這麼覺得而已。」小夢扳著手指頭數著。「算了算了，這樣好了，你帶我去你們在這個城市經常去的地方，這樣可以幫助我解讀那些『回憶』。」小夢說。

「而且啊，你別忘了，」小夢補了一句，「香織是日本人，如果我對當時的狀況瞭解不夠清楚的話，我是很難解讀出來她的想法的。」

「經常去的地方啊⋯⋯」我搔搔頭。

「我想那就是學校了吧。」

學校離飯店約1.5公里左右，算是步行可達的距離，我帶著小夢沿著聖保羅人大道走著，再穿過市中心的Bella Vista區域就能到達學校。沿路上每間商店她都饒有興味，不過當地治安不是很好，我自己也不敢久留，不斷催促小夢走快一點，本來20分鐘的步行距離，我們走了將近一個小時。

「幹嘛一直催我！人家還有很多東西想看呢！」小夢顯得不太高興。

我一邊向學校人員出示校友證，走進校區裡，一邊安撫著小夢：「聖保羅的市中心真的沒什麼好看的，你真的有興趣的話，明天我可以帶你去聖保羅藝術博物館，或是Oscar Freire，那是一條購物街，有更多好玩的東西。」

「我才不要去什麼博物館呢，又看不懂，我也不要購物，我就是喜歡在街上閒逛！」小夢一面嘟囔著，一面跟著我走進了一棟大樓。

「這裡就是我們的校區了，基本上那幾天我們都是在這裡度過。」我試著轉移話題。

不過似乎挺有效的，這棟大樓現代感十足，精緻而大氣，小夢馬上拿出手機四處拍照。

「今天不會有什麼學生，我們可以到處逛逛。」我說。

我們花了大約半小時走完整個校區，最後來到了一間教室。

「這裡就是我們當時上課的地方。」我深深吸了一口氣。「好懷念啊。」

「嗯？就是這裡，我在你的腦海裡看過。」小夢走到我身邊，把雙手分別放在我兩旁的太陽穴。「你放鬆一點，試著不要有什麼情緒。」

我點點頭。

「開始囉。」

12 淺田香織｜聖保羅

「我想問，昨天後來為什麼你叫我不要陪你去買東西了。」李韻的聲音很平靜，但感覺得出來情緒很失落。

「喔很不好意思！」我一臉歉意。「我想說你昨天要和其他同學去吃飯，所以不想麻煩你了。」

「喔，我昨天一直在學校等你，我答應過的事情就一定會去做，我不喜歡變來變去的。」李韻的聲音還是很平靜。

「不好意思！真的很謝謝你！」

我堆上滿臉笑容，這對我來說並不是難事，但心裡卻想著：

「白痴，為什麼你要跟其他同學說我們要一起出去的事，到時候人家又會對我們說三道四的。」

「喔，沒關係啦，最後事情辦好就好了。」李韻笑說。

「謝謝你小韻！」心裡又罵了一百遍「你這個白痴」，同時笑到眼睛都瞇了起來。

- - - - - -

教室的門打開，李韻從裡面走了出來。

「你要去吃飯了嗎？」我問。

「喔，對啊。」不知道為什麼，他的聲音聽起來挺心虛的。

「那一起去吧？」我問。

「喔，好啊。」李韻的聲音依然怪怪的。

我欲言又止，李韻則顯得心不在焉，我們就這樣在沉默中走到電梯前。

其實，李韻對我這麼好，難道我會不知道嗎？

來聖保羅的第一個晚上，我要去一個餐廳和其他女同學碰面，我沒有當地的手機，李韻把他的電話卡借給了我，當時他眼神裡的擔憂明顯不過。

今天是我生日，他昨天晚上和其他日本同學約我吃飯，在餐廳裡幫我準備了一個蛋糕，其實我多少可以猜到了。但我沒告訴他的事情是，當下我更想和另一群外國同學去酒吧玩，畢竟我都來國外念書了，為什麼還要整天和亞洲人混在一起呢？況且，這是我生日的前一個夜晚，說不定人家也幫我準備了蛋糕呢。

當下我還是開心地唱了生日快樂歌，和李韻還有其他日本同學們吃飯聊天，結束後才去酒吧找其他的外國同學。

這次在聖保羅，我一直想找機會告訴他：「我知道你對我很好，但你不需要這樣做的。」

我應該明白地拒絕李韻，但我說不出口，所以只好對他表現得很冷淡，難道他無法明白我的意思嗎？

「……你剛才上課的時候去哪了？」我的嘴角蠕動了幾次，最後說了這句話。

「喔，工作的事情。」李韻淡淡地說。

「騙人……」我心裡想著，但依然沒有說出來。

在電梯裡面我們沒有說話，直到到了三樓的學生餐廳，李韻一出電梯後，就說：

「我去一下廁所。」

我還來不及反應時，李韻就已經快步離開了。

他今天的行為太異常了。

奇怪，我為什麼這麼在意他呢？我明明就是想找個機會告訴他，我們之間是不可能的，趕快死了心吧。

或許，是在昨天晚上，過了十二點，我到了酒吧和其他同學會合，發現沒人知道我的生日，但我還是和大家開心地聊了一整晚，從隱藏在自己臉上笑容中的寂寞中知道，有個人關心著自己還是挺幸福的。

或許，是在第一個晚上，當我們要叫計程車回飯店的時候，所有人裡面只有我有電話卡，有股隱隱約約的自豪感，讓我不禁覺得：「這個電話卡，還不是我自己準備的呢。」

但我大概也知道，我並不是真的喜歡他，而是喜歡這種被他喜歡、被他照顧的感覺，即使有時候他的作為令人心煩。

越想越覺得自己卑鄙，其實我應該好好跟他道謝、道歉，並且說出自己心裡真實的想法。

作為一個朋友，李韻是個再好不過的人了。

學校的餐廳是自助式的，我拿完了餐，找了一個位子坐下，並且幫李韻留了一個位子，打算吃完飯就告訴他。

這個時候，餐廳的門打開了，李韻和其他兩個同學一塊走了進來，他們臉上露出頑皮的笑容，並且同時看向我，我再仔細一看，除了李韻之外，另外兩個人手上都端了一個東西，我突然明白了……

「祝你生日快樂～祝你生日快樂～祝你生日快樂～祝你生日快樂！」

我的腦袋空白了一下，直到那兩個蛋糕端到我面前，其中一個蛋糕上面插了根問號蠟燭，還用日文寫著：

「淺田香織生日快樂。」

天哪……除了李韻，不會有別人了，在聖保羅這種地方，你得去哪裡才能準備這些東西呢？難怪他剛才翹課了。

我拼命想著怎麼才能露出一個最燦爛、開心又不失禮貌的微笑。

我睜大了眼睛和嘴，然後笑得眼睛瞇成一條線：

「我太驚喜了！謝謝大家！」

李韻笑著說：「趕快許願然後吹蠟燭吧！」

接著李韻就幫我分派蛋糕，整個餐廳大概坐了五、六張圓桌的人，李韻大概是估算過人數，讓每個人都能吃到，所以他買了兩個大蛋糕吧。李韻切好蛋糕後，讓我親自送給每一個人。

「我沒想到……」我開心地看著李韻，真的很開心。

「我想你應該會想要和更多同學一起慶祝你的生日吧。」李韻說。

我用力點點頭。「謝謝你小韻！」

原來，我昨天晚上的情緒還是被他捕捉到了。

「如果你開心的話，我就開心。」李韻微笑。

「我知道……」我小聲的說。

浴室裡，嘩啦嘩啦的水聲。

蓮蓬頭，朝我臉上直線射出了一道一道細小柔和的水柱，水溫不熱也不冷。

但我喜歡熱一點的，於是又把水龍頭稍微往左邊轉了轉。

「嗯，差不多。」

水流從頭頂，拂過我的臉，脖子，鎖骨，胸，腹部，大腿，小腿，最後不知道從哪一根腳指頭離開我的身體。

我喜歡在早上洗澡，一方面是晚上我一碰到床就不想離開了，另一方面早上洗澡總是能讓人一天神清氣爽。雖然說東京和聖保羅有十二個

小時的時差，我不知道現在究竟算是早上還是晚上。

今天是我待在聖保羅的最後一天。這是我第一次來南美洲，坦白說，除了治安堪慮之外，和我去過的其他大城市並沒什麼太大的差別，不過聖保羅很大，巴西更大，在聖保羅市郊還有規模龐大的貧民窟，我們去了當地的一所學校，我很欽佩校長在談論學校未來時眼神裡所流露出的熱情與堅定，或許那是我一輩子都無法做到的事情。

當然，還發生了很多其他事，令我有些心煩，又不知道如何處理的事。

不知道洗了多久，我關掉了水龍頭，走出乾濕分離的淋浴間，從梳妝台上拿起一條毛巾，從頭到腳把身體擦了一遍，用那條毛巾包覆住身體，然後再拿一條毛巾裹住還有點濕漉漉的頭髮，我看向梳妝台上的吹風機，再看向一旁折疊好的衣物，遲疑了半秒，直接走向浴室的門口，推開。

那是一間挺小的旅店，但很乾淨，浴室的門一推開，就可以看見兩張床，兩張床的間隔並不大，大概只有四分之三條手臂那麼長吧，李韻坐在他自己的床上，靠窗的那張床，我看了他一眼，他已經起床了，坐在自己的床上打著電腦，他也朝我看了一眼，但沒有任何反應，繼續敲打著鍵盤。

我走到我的床邊，一手掯著裹在身上的毛巾，一手拿起我的手機。

我坐在我的床上，他坐在他的床上。

就這樣，大概過了十分鐘吧，或是更長，我走回浴室裡，把我的衣服穿上。

13　李韻｜聖保羅

「我們等會到大廳和安娜碰面吧，她們要退房，然後跟我們一起去換錢。」

這是香織換好衣服之後，和我說的第一句話。

「喔好啊。」我點點頭，不知道該有什麼情緒，試圖掩藏自己的心神蕩漾。

又過了一會，我看香織沒什麼反應，於是又問：

「我們要下去了嗎？」

香織皺著眉頭，說：

「她半小時前跟我說她快好了，我剛剛又發訊息給她，她為什麼讀了訊息還不回我呢！」

她的聲音聽起來有些焦躁。「算了，我們先下去吧。」

「好，我隨時都可以出發。」我連忙站起身來。

我們搭了電梯到樓下，又等了十多分鐘。

香織吐了一口氣：「我不想等她了，我們先去吧。」

我感覺到香織正在氣頭上，跟著香織走出飯店，心裡很緊張，又不知道該說什麼話才好。

「我記得有次我問你，你上一次生氣是什麼時候，你說是很久以前你自己都不記得了，現在我看來你好像也滿常生氣的嘛。」天啊，我本來只是想試著緩和氣氛，結果說了一句沒頭沒腦的話，才剛說完我就感到事情不對勁了。

香織停下腳步，深呼吸，她的語氣平靜。

「我說我不記得，是因為我不想去記那些不好的事情。」

「我男朋友在我生氣的時候，總是知道怎麼讓我開心，而你，總是讓我更生氣！」

「你真的很沒有禮貌你知道嗎，像你這樣的人是沒有辦法在日本生存的！」

「你不知道如何對待女生對吧？你有交過女朋友嗎？那為什麼分手？我想不是你想的那個原因。」

我跟在香織的身後不敢說話，也想不到該說什麼，隔了一會兒才說：

「真的很對不起，通常我和人相處沒這個問題，但是你很特別，你又是我第一個認識的日本女生，所以請給我一些時間讓我改進。」

香織吸一口氣，然後說：

「我們是朋友……你不需要這樣子的。」

我和小夢看著彼此，沉默了一陣子。

「幹嘛不說話，有這麼複雜嗎？」我乾笑了兩聲。

「我在想，她到底在想什麼。」小夢坐到一張椅子上，不斷揉著自己的太陽穴。

「你不是能夠看到她心裡的想法嗎？她說了什麼呢？」我急切地問。「特別是在飯店裡面……那個時候？」

「她只在一開始的時候說了不想讓別人對你們有什麼誤解……她有男朋友了，又不想和她男朋友分手，也不想讓別人知道她和你的關係，可是你又對她很好，她不知道怎麼拒絕你，又不想失去你對她的好……所以……她可能覺得能夠保持這種狀況，不要讓別人發現就好了，啊！她是不是想跟你發展成『地下情人』呢！」小夢自顧自的點了點頭。

「啊？不太可能吧？我沒有這種感覺耶。」我睜大了眼。「我還覺得她是不是很想疏遠我，她總是對我發脾氣。」

「比方說？」小夢皺起眉頭。

「有一天我們本來約好了要去逛街，前一晚我問她要不要晚點出門，我想睡晚一點，我這麼說是因為我想讓她可以多休息，然後她有點生氣地說『你不用陪我去，我想自己一個人去逛』，我只回她『好吧，那玩得開心』，後來她可能覺得我不太高興吧，隔天早上就傳訊息給我『如果你醒來的話就跟我一起去吧』。」

小夢嘆了口氣：「應該是你找她去逛街的對吧？」

「是啊。」我點了點頭。

「你說這種話，她怎麼知道你到底是想去還是不想去呢，難不成還要她來拜託你早點出門嗎？她不高興的話就表示她在意啊，如果她根本不想你跟她出去的話，就好聲好氣地叫你別去啦，你真是得了便宜還賣乖。」小夢接著說。

我搔了搔頭：「但是在逛街的時候，我也一直說錯話惹他生氣。她那時候要去買鞋，我說她在學校是不是都穿同一雙鞋，她很不高興，說她覺得我每天才是都穿一樣的衣服，然後說我一點都不了解她。」

小夢露出難以置信的表情：「首先，連我都想問你有沒有交過女朋友了，再者，很多時候女孩子會對你發脾氣，是一種親近的表現，是想對你撒嬌，她希望你瞭解她在想什麼，但偏偏你又不明白。」

「我倒覺得她是真的討厭我……我在香織面前的時候就會變得很緊張，同時我又想嘗試多瞭解她，每次結果都是說了很不恰當的話惹她生氣。」我垂頭喪氣。

「大哥……她討厭你的話還會去你房間嗎？然後簡直是半裸在你面前耶！」小夢一副難以置信的樣子。

「她會來我的房間也是因為那天晚上她真的沒地方去，另外她可能也很相信我吧，還要我不要跟別人提起這件事。」我說。

「怎麼可能沒地方去啊！她肯定能感覺到你喜歡她吧！這種情況下不是應該要避免你誤會才對嗎？她有沒有釋出其他的『積極訊號』？」小夢頗為激動。

「什麼是『積極訊號』啊？」我一頭霧水。

「就是……就是……比方說，肢體上的接觸啊，或是在你面前換衣服

啊什麼的。」

「這麼說來，更之前香織在房間裡換衣服的時候，確實有叫我轉過頭去不要看，那時候我以為她換好了，轉頭要跟她說話時她還說：『不是叫你不要回頭嗎』。而且……你不覺得她有可能只是想測試我是不是正直？」我認真地沉思著。

「你傻呀！這就是『積極訊號』了呀！」小夢翻了白眼。「首先，要換衣服可以去廁所換對吧？你回頭了她也只是淡淡說了句話不是嗎？再者，沒有人會無聊到想做這種測試好嗎？又不是少女了！」

「作為少女的小夢這麼說還是挺有說服力的。」我心想。

「我覺得呢，在聖保羅這一段哪，她的心情反覆糾結了很久，最後在酒店的時候，她本來是願意給你機會的，但你這個人簡直蠢到逆天了，她估計連受到侮辱的感覺都有了。」小夢總結。

「所以那天早上在酒店的時候，她心裡在想什麼呢？」

「不知道，她沒有把那一段的想法分享給你，我啥也沒感受到。」

我沉默不語。

「喂，你覺得那個『提示物』會不會在聖保羅啊？」小夢說。

小夢這麼一說，我才又想起了我們來聖保羅的目的。

我仔細想了想我們在聖保羅去過的地方。

「你說，那個提示物必定是我看過、去過或是聽過的東西對吧？」

「那當然啦，如果你都不知道那是啥了，完全就不構成一個『提示性記憶』了。」

我搖搖頭，「在聖保羅最有可能有『提示物』的地方就是酒店和學校

了，剩下的幾天我們可以再去其他地方走走，但我覺得機會不大。」

「那怎麼辦呢？」小夢問，看得出來她也挺替我煩惱的。

「要不這樣吧，我們再去走走，如果還是沒有進展的話，你就回上海吧，謝謝你願意陪我走這一趟。」我向小夢點頭致意。

「啊，我回上海，你去哪？」

「我……還想去克羅埃西亞看看……就是克羅地亞。」

「喔，你說那個『杜布羅夫尼克』是嗎？但你不是說你們之間的故事是在杜布羅夫尼克結束的嗎？去了幹嘛？」

我聳聳肩，「這次就當是去旅遊囉，杜布羅夫尼克那次是我和香織最後一次一起單獨出去玩，或許……有什麼線索吧。」

「喔。」小夢轉過身去，隨意地摸著教室裡的課桌椅，在教室裡踱著步，我看不出來她想幹什麼。

過了一會，她轉過身來，離我大概還有三公尺多，她稍微拉高音量，說：「喂，克羅地亞有什麼好玩的啊。」

「嗯……杜布羅夫尼克的古城牆很有名，是『冰與火之歌：權力的遊戲』的取景地，『君臨城』就在那裡，另外還有普利特維采湖，又叫十六湖公園，是媲美中國九寨溝的喀斯特地形美景。是我旅遊至今非常喜歡的一個地方……」

小夢不斷點著頭，最後直接打斷我：「哎呀，好啦，我就陪你去一趟吧。」

我原本就希望小夢可以和我一起去，只是不好意思開口，她自己這麼說了當然令我喜出望外，馬上又跟她說了許多克羅埃西亞迷人的地方，同時把教室的燈關了，準備去聖保羅的其他地方看看。

「欸，你們學校有日本人或是韓國人嗎？」

在離開學校前小夢突然問我。

「我們學校很多啊，香織不就是嗎。」

「不是啦，我是說這個校區。」

「這個校區應該沒有吧？通常都是本地的學生，我說是巴西人，不過巴西是世界上日僑最多的地方，大概有一百多萬吧，你會看到日本人也不稀奇。」

「嗯，怎麼說呢，我感覺有點怪怪的，如果我看到巴西日僑的話，他們說的應該是西班牙文對吧？」

「是葡萄牙文。」我更正了小夢，很多人都以為巴西人說的也是西班牙文，但其實巴西是南美中唯一一個葡萄牙語為官方語言的國家。
「況且日僑會說日文也沒什麼奇怪的吧？」

「哎呀，不是這個意思啦，如果是用嘴巴說的，當然不奇怪啊，但我聽到的聲音……是腦子裡的聲音……哎，也說不上來，聽得很不清楚，我都在想，是不是整天看你和香織的回憶把我的腦子給搞糊塗了。」

小夢也把我搞糊塗，但我感覺並不是特別嚴重的事情。

「剛才在飯店裡確實有幾個日本的住客，從他們的口音我可以聽出來。」

「哎呀，不是在酒店，我就是在學校聽到的！你這個人怎麼說也說不通……」

「你不是可以讀他們的心嗎？即便是不同語言的？」

「沒錯呀，怪就是怪在，當我想搜尋那些日本人的腦波時，他們就消失了！不，比起消失，更像是屏蔽我！怎麼說呢，我沒遇過這種怪事。」

「哈哈哈，日本人怪事可多了，那我也跟你說個更奇怪的，在飯店的時候，我看到其中一個日本人戴著一對Airpod，但顏色非常特別，你猜是什麼顏色？」

小夢皺著眉：「……難不成是黑色？」

「不是，是紅色的！」

你可以想像他們設計師的品味已經墮落到這種程度了嗎？

14　勞倫斯｜洛杉磯

「湯瑪斯同學，可以把喝完的飲料給我嗎？」一個日本小女孩對一個金髮藍眼的小男孩笑著，在東京的一所小學裡。

「喔，謝謝你。」湯瑪斯馬上把飲料罐遞給那個女孩。

「謝謝！」小女孩向湯瑪斯鞠了一個躬，然後蹦蹦跳跳地跑走了。

這個男孩子叫勞倫斯‧湯瑪斯，他覺得心裡暖暖的。今年夏天因為工作的關係，他和爸爸一起搬到東京來，他有一些日文的底子，爸爸也希望他學好日文，因此讓他上一般的學校。勞倫斯心裡本來非常不願意，他是個內向的男孩，在洛杉磯的時候就曾因此受到同學很多的欺負，對於完全陌生的亞洲人勞倫斯心中有著更大的恐懼。令人意外的是，同學都對他非常友善，比如剛才那個女孩，櫻智子，總是帶著笑容，幫他折飲料罐，然後丟到資源回收桶，即便同學不太和他說話，他覺得在這裡比在洛杉磯自在多了，或許日本的環境更適合他的性格吧。今天他決定要找智子道謝，並且嘗試和她聊聊天。

勞倫斯走到智子的身邊，智子正在折他的飲料罐，同時和另一個女同學聊天，勞倫斯打算等她們聊完再開口。日本人非常重視禮貌，這是他從爸爸那聽來的。

「到底有沒有人可以教教那個美國人，不要每次都亂丟飲料罐。」令勞倫斯驚訝的是，智子的聲音完全不像平常那麼友善，而且充滿了怨懟。

「他能不能去上給外國人讀的學校，老師還常常要為了他放慢速度，會影響我們的學習的。」另一個女同學說。

勞倫斯完全愣住了，這完全不是他平常看到的樣子。

這時智子轉過頭來看到他，露出平常的笑臉：「啊，湯瑪斯同學，怎麼了嗎？」

勞倫斯不知道該做何反應，他彷彿聽到智子心中的聲音，不斷地說著：「離我們遠一點！」

智子的笑臉變得越來越張狂……就好像……一張惡魔的臉，惡魔正朝著他微笑！

我從惡夢中驚醒過來，冷汗直流，這才發現我還趴在實驗室的桌子上，也真是夠累了，居然能在實驗室裡面睡著，還能夠做夢。我把眼鏡扶正，繼續看著電腦裡的數據。

這時實驗室的門打開了，一個梳著油頭，穿著短版西裝的男人，艾瑞克，走了進來：「嗨，勞倫斯，還在工作啊？」

艾瑞克沒有直接走向我，而是去咖啡機泡了杯咖啡。

「你要嗎？」艾瑞克問。

我看了一眼艾瑞克之後就把頭轉回去，搖了搖頭，然後繼續看著我的電腦螢幕，別人可能會覺得這種態度過於冷淡，但我們平常就是這樣

的。

「這次去亞洲非常成功，談好了不止一個投資人，也和清水那邊的人碰過面了。」咖啡機發出『轟轟』的聲響，艾瑞克靠著吧檯說著。

我對投資什麼的完全不感興趣，但一聽到『清水』兩個字，我馬上轉過頭來，急問：「找到『黑寡婦』了？」

艾瑞克喝了一口咖啡，搖搖頭，他還沒開口說下一句話，我的情緒就已經失控了，『砰』的一聲巨響，我用力搥了桌面，狂吼著：

「『黑寡婦』是關鍵！我說過多少次了！我之所以有辦法做出心靈感應裝置就是因為曾經記錄了『黑寡婦』的腦波！你明不明白啊！我只拿到了一小部分，就能實現心靈傳遞，如果我可以、我可以完整記錄她的腦波，天曉得能作出多棒的東西！能力者越強，我的技術就越強大！能力者分三個等級你還記得嗎！第一個等級是只能進行心靈溝通，這不是我要的！第二個等級可以做到植入想法、記憶消除、創造幻覺、入夢！還有……還有……可能……控制他人的心靈！第三個等級能做到什麼連我都還不知道，這才是我要追求的！你以為我只想做一個他、媽、的無線電而已嗎？靠！」

我把桌上的文件全掃到地上，他媽的，逼我一下子說了這麼多話，我最痛恨說話了，現在腦袋中一片亂麻，我的計劃完全被打亂，如果沒有黑寡婦的話，我的夢想將會完全落空。

過了好一會，艾瑞克才慢慢地接著說：「我找到更好的，而且有兩個。」他將一個牛皮紙袋遞給我。

我瞪著他，怒氣未平，接過牛皮紙袋，把文件拿出來，戴上眼鏡一頁一頁看。

「其中一個『對象』的潛力還沒完全開發，但從記錄到的數據來看，這個人的潛力如果完全開發出來的話，甚至比『黑寡婦』還要厲害，而且趁現在這個『對象』還沒這麼危險的時候，我們有很高的把握。」他解釋著。

「這個……什麼意思？」我的眼睛越過眼鏡看向艾瑞克，手上拿著一頁資料，資料上面寫著密密麻麻的文字。

「這是記錄我們和這個對象接觸的過程。」艾瑞克說了一句廢話。

「廢話，我知道，上面……有個日本女孩子……追捕『對象』的過程中死了？」我瞪著艾瑞克，感覺我剛才怒火爆發的時候說話還是可以很流利的，現在一冷靜下來舌頭就好像開始打結，我心裡暗暗咒罵著自己……還有迫使我講這麼多話的艾瑞克。

艾瑞克嘆了一口氣，「對，那個女孩子認識這個『對象』，本來清水計劃透過威脅這個女孩子激發『對象』的能力，結果計劃發生錯誤，清水誤殺了那個女孩子……不過我們也預計這個女孩子的死正好能夠啟動『對象』的能力，我們正在追蹤中……」

艾瑞克還在繼續解釋，但他不知道我的思緒已經轉了地球一圈了。

我緩緩地又說了一遍：「你說清楚一點……上面明明寫……『對象』愛著那個女孩……然後她死了？」

艾瑞克聳了聳肩，然後點點頭。

有顆核彈在我腦袋中爆炸了。

天哪……

天哪……

天哪！！

一個全新的計劃開始在我腦中快速形成，一股強烈的情緒從我的每個細胞中滲透出來，我感覺自己在燃燒。

「我知道兄弟，」艾瑞克拍了一下我的肩膀，我不禁縮了一下，「偉大的科學總是伴隨著犧牲。」

什麼屁話。

「一定要抓到。」我抬頭看了他一眼，沒別的話想跟他說了。

艾瑞克用右手食指指了指我，像是在說：「我向你保證。」然後離開了實驗室。

他走了以後，我放下資料，走向窗邊，看著洛杉磯的夜景。

黑夜中，路燈、車燈、商店的燈光仍在閃爍，從高樓上彷彿還能聽到引擎聲、喇叭聲、喧鬧聲，無數的思緒、信念、夢想、意志，緩慢地在這座巨大的城市流動著。

心靈感應……死亡……戀人……

所有事情都可以串起來了，從記錄到的數據來看，這個對象絕對是非

常強大的能力者，但不僅是如此，他擁有非常可怕的潛力。

「這個人的話……可以做到心靈感應的第三個等級！」

我感到全身的血液往頭上湧，快要從我的眼睛裡爆出來。

沒錯，我騙了艾瑞克，我已經知道第三個等級是什麼了。

「死者復活。」

15　黑寡婦｜東京

冰冷的小型會議室裡坐著一個男人，井上拓也，他雙手扭動著，對於接下來會發生什麼事情頗為不安。今天一個神祕部門的主管找他約談，那個部門是人力資源部的一個分支，但他壓根沒有和那個部門有任何互動。

「不可能是升遷、加薪，最近公司生意好像也還不錯啊，不會是要裁員吧？還是……和我前幾天早退有關？」井上拓也腦袋一片混亂。

幾分鐘過後，一個男子推開門進來，井上拓也馬上站起身鞠躬：

「清水先生您好。」

清水也回禮，但臉上不帶任何表情，臉色十分蒼白。

「麻煩坐吧，井上先生。」清水坐了下來，但坐姿有些怪異，似乎是肚子不太舒服。

井上從來沒見過這個人，但他感受到強大的壓迫感，不安地坐了下來，然後他注意到清水的右耳上似乎戴了一個像無線耳機一樣的東西。

「井上先生的出缺勤狀況一向很好，但我想瞭解一下，在上兩週的週三，你曾經因為頭痛早退，我們想瞭解一下為什麼。」清水補充了一

句：「這是為了讓人資部門可以更好地瞭解員工的狀況，和你個人表現無關。」

井上拓也稍稍鬆了一口氣：

「我也不太記得了，那天早上來公司不久之後就覺得頭非常痛，不想帶給其他人麻煩，所以請了假……」

「慢著，」清水打斷他。「你說，你不太記得了是嗎？」

井上拓也緊張地點了點頭：

「我平常沒有這個問題，可能過陣子會去做個檢查……」

「完全……不記得任何事情了嗎？」清水重複了一遍。

井上抓抓腦袋，努力回想那天早上發生了什麼事，他只能隱約感覺到自己出門、上班……

「我記得我來公司……」

清水冷漠的臉上起了一些變化，看不出來是高興還是生氣，又或是緊張。

「你最近，有和什麼陌生人接觸嗎？比方說女孩子？」

井上臉紅了，他上次去酒店已經是半年前的事情了，談不上是最近，於是他搖了搖頭：

「最近沒有，就是工作……」

「我明白了，謝謝你的配合，可以請你幫忙填一下這份問卷嗎？是人資部門的標準流程。」清水遞給他一份文件。

井上鬆了一小口氣，接過那份文件開始低頭專心填寫，他不想再和清水兩眼相對了。

清水的右手慢慢移到自己的太陽穴上，用力地搓揉著。

空氣中響起類似訊號受到干擾的雜音，清水的眼前彷彿有一片彩色的霧氣飄過來，霧氣慢慢形成公司的樣子、拉麵店的樣子、居酒屋的樣子，不斷重複。然後，他看到了一段幾乎沒有任何色彩，也沒有變成任何形狀的霧氣，這段霧氣附近，只隱隱約約看到一個酒吧，酒吧門口有個女人，一個穿著一襲黑色連身洋裝的高窕女子……

清水用力把右耳上的機器摘下來，抽走井上拓也正在填寫的問卷，匆匆丟下一句：

「謝謝你的配合。」

清水迅速離開會議室，臉色更加蒼白，然後快步走進旁邊的洗手間裡，顧不得旁邊還有人就對著洗手台用力地嘔吐起來。他感到強烈的天旋地轉，但有個念頭在他腦海中非常清晰：

「是黑寡婦。」

好幾個想法在我腦海中閃現。

清水發現我了……

心靈感應的機器是真的⋯⋯

那個叫李韻的傢伙⋯⋯

我的心情無比煩躁，立馬撥了一通電話。

「您好，請問有什麼可以幫到您的呢？」電話另一頭傳來一個女性的聲音。

「幫我訂機票，去杜布羅夫尼克，謝謝。」

「好的，請問日期和時間是？」

我深吸一口氣。

最糟糕的事情是，「她」居然也被牽涉在其中。

「即刻啟程。」我一字一字地說。

16　艾瑞克｜洛杉磯

「偉大的科學總是伴隨著犧牲……」

我默默地又把這句話唸了一次。

居然是李韻，可能中樂透也沒有這個機率吧。

我帶著複雜的心情，走進洛杉磯、Arcadia市裡的一間公寓，搭電梯到了十五樓，右轉，拿出鑰匙打開房門，將西裝外套脫下掛在衣架上，然後再把燈打開，這才發現蜜雪兒倚靠在沙發上，睡眼惺忪：

「你回來了啊。」說著蜜雪兒走向我，親了下我的右臉頰。

「那隻小猴子睡了嗎？」我問。

「爹地！」走廊另一頭傳來『蹦、蹦、蹦』的腳步聲，一個六歲的小男孩撲向我。

我一把抱起他：「哇嗚！猛男你又變強壯了嗎？」

「媽咪說要像『卜派』一樣吃菠菜，就會越來越強壯。」小男孩說。

「那我等一下去你房間比力氣，我是布魯托！你快去準備一下！」說著我把小男孩放下來，用力摸了摸他的頭。

小男孩「蹦、蹦、蹦」地又跑向走廊另一頭。

我看著這個小男孩，笑著說：「為了這隻小猴子我可以做任何事。」

蜜雪兒笑了：「這次去亞洲還順利嗎？」

我點點頭：「蜜雪兒，我有件事想和你討論一下，關於亞當要上小學的事。」

蜜雪兒露出疑惑的表情：「那件事怎麼了嗎？不是已經決定好哪間學校了？」

「我這次回亞洲看了爸媽，他們身體不太好，我在考慮搬去上海這件事，我覺得現在上海的機會比洛杉磯更好⋯⋯」我停頓了一下：「而且我想讓亞當在上海上小學。」

「什麼？我們從來沒討論過這件事吧？」蜜雪兒吃驚地說。

「我知道，我也是最近才想到的，中文在未來會很重要，而且，我也不想亞當這麼辛苦⋯⋯」我回想起自己當年剛搬來美國時所受到的欺壓，然後花了很大的力氣讓同學認同自己，最後才一步步爬上現在這個位子。

「我一定要比別人強、一定要讓別人認同我。」從小到大，這個念頭在我心中沒有停過。

「今天我累了，晚點再討論這件事吧。」蜜雪兒搖搖手，走向浴室。

我點點頭。

蜜雪兒一走，我的手機就響起，是清水打來的。

「這是艾瑞克。怎麼樣，你追蹤到那兩個人了嗎。」

「我們查到李韻和那個女孩子在一起行動，不知道目的是什麼，但是已經知道了他們下一個地方要去哪裡了，不過我打給你不是要說這件事，我需要更多的MC 5。」

清水的英文口音總是這麼重，還好至少能聽懂。

我皺起了眉頭：「MC 5現在還處於測試的階段，沒辦法給你這麼多，你不是說其中一個是『潛力者』嗎？為什麼這麼困難。」

「關鍵不是他們，我剛剛得到一個情報，『黑寡婦』知道了我們的計劃，很可能會現身，如果要抓到她，這次是個絕佳機會。」清水說。

我內心暗暗震驚，沉默了一會：「你要什麼全力支持，我把貨送到哪？」

清水在電話另一頭說：

「克羅埃西亞。」

17　李韻｜杜布羅夫尼克

「小夢謝謝你，不管最後我能得到什麼東西，都很謝謝你陪我走了這趟旅程，我都不知道我有沒有勇氣自己來。」我說。

我們站在杜布羅夫尼克南邊的海岸吹著風，沿著海岸散步，旁邊是我曾經和香織住過的一間飯店。

「還沒結束呢，話說這麼早！」小夢對著我燦爛一笑。「好冷，喂，你外套給我。」

我脫下自己的外套披在小夢身上。

小夢轉了轉眼珠，突然偷笑起來。

「怎麼了嗎？」我問。

「這次一定靈。你肯定在這裡做過一樣的事情對吧！把外套給她穿。」小夢得意地說著。

我微微張嘴：「你進步了很多嘛！只是香織不會主動要我的外套，她只會說好冷，然後再三推辭後才肯穿上。」

「Yes！終於猜對啦！」小夢高興地手舞足蹈。

「說不定你現在比我還要瞭解她了。」我微笑看著她。

「那肯定不至於，喂，說說上次從聖保羅回去以後又發生了什麼事？」

「嗯……發生了很多難以讓我捉摸的事。我一回到學校就拿到了一個

工作的錄取通知，所以我們就一起去吃了頓晚餐慶祝，那是一間米其林一星的餐廳，叫作『霍夫曼』，也是我們第一次一起單獨吃飯的地方……」

「那就是約會囉？」小夢驚訝地說。

「至少我們不會形容那是『約會』，好朋友也會一起去吃飯對吧。那次吃飯的時候我送了她一雙鞋，那雙鞋跟她在聖保羅買的那雙是同款式的，那時候她在藍色跟黑色中間選了很久，最後她選了黑色，後來我回去把藍色那雙買下來，在吃飯的時候送給她。」

「哇！好貼心！」小夢驚呼。

「我希望她也很開心，她後來常常穿那雙鞋，有時候我都覺得她是故意穿著讓我看到的。那次吃飯的時候，我們就說要一起探索不同的米其林餐廳，然後每個月去一次。」

我接著說。「我們在二年級選了很多課一起上，有次我們一起回家時，她就說他最近在找個人一起唸書，我本來就不太愛唸書，下意識地說我不想放任何精力在課業上，結果過一陣子她又提起這件事，我說那你要不要和我一起唸書，她瞪了我一眼，說你不是不想要唸書嗎？我說，如果不唸的話我就要被退學了，如果有人和我一起唸的話我會比較有動力一點。從那之後我們就常常一塊讀書，在學校或是在咖啡館，如果碰到中午的話，我還會煮午餐、帶便當給她。」

「什麼！你會做菜？不是，我是說你還做菜給她吃，還帶去學校？」小夢兩眼發直。

「對啊，我本來完全不會做菜的，還記得第一次我做了煎餃，做得非常失敗，我不知道煎東西要在不沾鍋上煎，結果我用了湯鍋，那個湯鍋差點報廢。」說著我自己也笑了。「後來我才知道日本人吃便當不

喜歡加熱，所以我會在前一天備好料，當天早上六、七點起來做便當，天氣沒這麼熱，所以通常不用冰也能保存到中午，我陸陸續續還做了三杯雞、紅燒牛肉……多半是台菜，有次她告訴我她喜歡吃咕咾肉，我做了好幾次都失敗，最後給她吃的時候我還是不太滿意，但是她居然全部吃完了。」

「李韻，你……簡直了。」小夢張大了眼搖搖頭。

「她一直想去克羅埃西亞，但是一直湊不出時間來，還說有另一個同學也在約她去馬爾他島，有天晚上她傳了訊息跟我說『我們延遲了那個計畫。』我問她你是指克羅埃西亞嗎？她說『不是』，結果就沒再理我了，隔天我在課堂上遇到她，覺得非常沮喪，因為我一直很期待可以和她一起去，下課後我們和其他同學一起聊天時，她突然發了一個訊息給我『你看起來很累，沒事吧？我的意思我會跟你去克羅埃西亞，開始計劃吧』。所以我們就來了。」

「怎麼有種感覺是你逼著她來的。」小夢竊笑著。

我笑了笑，不置可否。

我們一路走到了公車站，然後搭車去舊城區，也就是美國著名的電視劇「冰與火之歌：權力的遊戲」場景，「君臨城」的取景地。

「你們在舊城區裡幹了啥呢？」小夢跟著我走上了城牆。

「欸，你看。」我指向售票的地方。「上次香織還在這裡發脾氣，我記得好像是因為售票員搞錯了她的票種，態度也不是很友善，她

拿完票之後還在售票員面前跟我說：『這裡的服務態度怎麼這麼不好』。」我笑得很開心，看她生氣其實也是件令人陶醉的事。「喔，之前在聖托里尼的時候她也因為機位的問題向地勤人員拍桌子過。」

「我總覺香織看起來不像是脾氣不好的人。」小夢笑著。

「她失去耐性的時候就會這樣，她開心的時候脾氣就會很好。」我搖搖頭。

「你要知道，女孩子會對你生氣的話，表示她很在乎你，或是你是她很親近的人，要不然她寧可不要理你或是疏遠你，幹嘛需要對你發脾氣搞壞自己形象。」小夢說。

聽小夢這麼一說，有那麼一刻我覺得心裡暖暖的，但隨即又想到：「又或者她真的就是脾氣不好，然後我真的太蠢。」

小夢想了一下，然後點點頭：「嗯，這個更貼近你的狀況。」

「她在這個城市裡對我發的脾氣可多了。我總覺得她不太想和我一起來。」

「比方說，她不願意和我合照，每次我要求她一起照相，她總是說自己不好看，一直到了十六湖公園我們才拍了一張照……但只有在水中的倒影。」

「我告訴她這裡叫做亞得里亞海的珍珠，她翻了一個白眼，說不是大家都知道嗎，你看，你不知道對吧！」

「還有我們在舊城區逛街的時候，那天剛好碰到一個美食展，我就拿了一份義大利麵吃，結果我把義大利麵醬沾到白襯衫上面了，她的表情很嫌惡，說我就是吃東西太大口才會這樣。後來我們去咖啡廳裡點了一個提拉米蘇，她覺得很難吃，要我去問問老闆是不是送錯菜了，

隔壁的客人還告訴我們說，這裡的提拉米蘇就是這樣。」

我們從舊城牆上走下來，往山頂纜車的方向走去。

「在那個山頂上可以看到杜布羅夫尼克的全景喔，我們過去看吧。」
我說。

「後來我們去了另一個城市扎達爾，要在那裡過一晚，然後搭客運去
十六湖公園，在我們搭飛機去扎達爾的時候，應該是我們第一次的爭
吵吧……」

小夢打斷我：「什麼？那之前不算爭吵嗎？」

我尷尬地笑：「不算啊，那只是我單方面被罵。」

我忍不住想起那天的情景。

- - - - - -

在機場的等候室裡，香織坐在我的旁邊。

「所以，我們吃飯是下下禮拜二對吧？」我開心地說。

「噢！」香織像是突然想到一件事：「不好意思，我們要改期了，我
和其他的日本女生那天有約了。」

我十分錯愕，心裡想著：「我們不是已經先約好了嗎？」然後平靜地
說：「所以，如果我不問你的話，你也不打算告訴我嗎。」

「我當然會告訴你啊。」回想起來香織應該覺得莫名其妙。

「沒關係，那取消吧。」我說。

有好一陣子我們都沒說話，我又說：

「所以你們那天是要去哪裡呢？」

「我和其他剛入學的日本人要一起吃飯，只有女生而已。」香織說。

「好。」

「聽起來一點也不像是『好』。算了，我跟那些日本女生改時間好了。」香織沒好氣地說。

「啊？為什麼？我都說沒關係了啊。」我淡淡地說。

「我們還有很多時間，但是她們很忙，很難找出時間。」香織的聲音聽起來像是壓抑著怒氣。

「所以我說了沒關係，取消吧。」

「還行吧，沒那麼糟啊？」小夢說，在我描述這段回憶的時候，她也看到了當時的畫面。

「對我們兩個來說已經夠糟了。」我搖搖頭。

小夢想了一下：「這倒也是。」

「後來去了扎達爾完全就是場災難，我們很晚才抵達旅館，當天晚上，我們突然聽到很大的一個聲音，像是什麼東西摔在房間地上一樣，我們兩個都因此驚醒，後來才發現是房間漏水了，我去找人來修，結果晚上都沒有人，後來我們就被那個聲音驚醒了兩三次，她早上起床的時候心情就不太好。」

「去結帳前，我還問旅館的人這件事該怎麼處理，我心想應該會給我

們一些折扣吧，結果他們只是道歉，什麼都沒講，我也不好意思要，最後是香織看不下去了，跟他們說應該要給我們一些折扣。」

「在扎達爾逛街的時候，我沒有計劃要去哪，因為那個城鎮不大，所以我想到處閒逛就好，結果她說這樣一點都不好玩，然後就叫我把地圖給她，找了幾個點去，她那時候非常生氣，我還因此跟她道歉，她又說了一次『你不需要這樣，我們是朋友』，就和在聖保羅那次一樣，接著我們就趕著搭車去十六湖公園了。」

我和小夢在山丘上俯瞰整個舊城鎮，視野開闊、十分宜人，怪不得被稱作「亞得里亞海的珍珠」。

「唉，如果不是聽你在這說這些喪氣的東西該有多好。」小夢嘆了口氣。

「不好意思，我們聊點別的事吧。喔，我們走來這裡看風景的時候，她還哼著歌呢，是『很愛很愛你』的日文版。」

「你能不能……」小夢好像看起來不太高興。「算了，沒事，去十六湖怎麼樣了。」

我尷尬地笑了。「在車上我就找她求和了，我說針對機場發生的事。我跟她說我還是覺得很遺憾我們取消了吃飯的計劃，我們可以改期嗎？」

「你這沒用的男人！」小夢瞪著我。

「是啊，然後香織就笑說：『又不是我說要取消的，是你說的』，後來氣氛就好很多了。」

「十六湖之後沒別的事了？」小夢淡淡地問。

「我們到的時候已經很晚了，還差點叫不到車子過去旅館，隔天一早我們就和其他同學會合了，所以也沒發生什麼事。其實我對整個克羅埃西亞的回憶都不是很好，總覺得……香織是因為不想拒絕我才來的。」我走到懸崖邊，呆呆地望著大海。

過了一會兒，小夢戳了一下我：

「喂……」

「怎麼了嗎？」

「我剛才看到，香織在這個地方的一些回憶，你想聽嗎……不是……很美好的喔。」小夢看起來很小心翼翼。

「當然啊，麻煩告訴我。」

小夢嘆了口氣：

「香織說，她覺得一直對你發脾氣很不好意思，但她不希望你把你們兩個人出去玩的事情想得太浪漫，某種程度上，她需要去破壞這種浪漫。因為你平常很照顧她，之後還需要你很多的幫忙，所以她不好意思不和你一起來，最後，她說……」

我眼前出現了香織的背影，站在懸崖邊，香織回過頭來，面無表情，淡淡地說：

「我們之間並非像你想的那樣，我們……並不存在任何感情，對不起，我一直在利用你。」

18　李韻｜普利特維策湖

「唉！」

我面向大海，大叫了一聲，伸了個懶腰。

「其實也不算太差不是嗎？」

小夢看著我，應該是不知道該說什麼好。

「我是說，她至少，曾經有那麼一瞬間考慮過對吧，至少，在經歷了那麼多事情，那些事情……並非徒勞無功對吧，她知道我為了她這麼努力過……她……至少內心還有一些感覺，即便不是當面說，但還是和我說了聲『對不起』……」

「小韻……」小夢走過來拉著我的手。

「你知道嗎，我不需要她跟我說對不起的，如果我做的這一切，是希望她能給我什麼回報的話，我想我們也不會糾纏這麼久了，我只想知道……我只想知道，我準備的便當她喜歡嗎？我替她整理的課程資料，能讓她每天多睡一點嗎？那些日子裡……那些日子裡，她過得開心嗎？」

「小韻……你和我說過她真笑和假笑的樣子對吧？雖然你這個人挺遲鈍的，但是你對她笑容的判斷是對的，她和你在一起的日子裡，有很大一部分是開心的。」

我沒有回話。

「小夢，你知道這裡是亞得里亞海的珍珠嗎？」我突然說。

「我是聽你說才知道的啊。」小夢抬起頭來。

我轉頭看向小夢。

「那你知道，克羅埃西亞，不只有這顆珍珠對吧？」我說。

「這什麼意思？」她看起來滿臉疑惑。

我笑了：「還有一個更美的地方，我們去十六湖公園，怎麼樣？」

「啊？我以為你沒安排這一段呢……不過沒這必要吧……」小夢愣愣地說。

「你想去嗎？」我問。

「當然想啊，但你不是說那裡不會有提示物的嗎？」小夢越說越小聲。

我笑了：「跟香織的事情沒有關係，我們就自己出去玩吧？」

小夢低下頭，眼睛都笑開了，猛點頭：「那好吧！」

當天，我和小夢搭飛機到了扎達爾，在那裡過了一晚，一早再搭乘公車上十六湖公園，這次的路線和上次與香織一起來的時候沒什麼分

別。一路上，我刻意不提香織的事情，只和小夢聊著自己的生活，以及和她介紹一路上的風土民情。

我們走在十六湖公園裡的木頭步道上，步道兩旁是清澈見底的綠水清波，伴隨著鳥叫、蟲鳴、水聲，一切寧靜而生機盎然。

「我喜歡用美麗的女子來形容我去過的一些城市。倫敦，就像是一個心情陰晴不定的貴婦，心情不好的時候非常陰鬱，一旦放晴了，她會是你見過最高雅與風情的女子。羅馬呢，更像是一個家道中落的貴族，所以只好去偷竊、欺騙、賣淫，白天時你看到的羅馬髒亂不堪，但到了晚上，昏暗的燈光下掩飾了那些缺點，她有點微醺，骨子裡的那股貴氣與優雅會讓人著迷地無法自拔……而聖保羅嘛，總是帶著一股危險的魅力、總是引誘著你，一旦不注意，她就會把你啃得連骨頭都不剩。」我笑著說。

「那上海呢？」小夢問。

「上海呀，上海更像是一個曾經家道中落，如今東山再起的千金小姐，為了證明自己，她非常的激進、努力，總是想讓別人看到自己的輝煌與成功，她總是光鮮亮麗地出現在別人面前，但越是這樣，越是難掩飾她內心的寂寞。」說到這句話，我內心突然浮現了類似的情緒。

「你……你也很落寞嗎？」小夢小心翼翼地說了這句話。

我笑著搖搖頭。「倒不至於落寞啦，從高中畢業以後，就換了好幾個城市生活，有陣子幾乎每年都在搬家，一直想要更有成就、做更多事，然後看向更遠的地方，但常常半夜一個人回到家裡後，忍不住想著，到底人生在追求什麼？」我仰起頭。「小夢你覺得呢？」

「啊？我……我沒想過這個問題耶。」可以看出來她眼中一片茫然。

「你說『耶』。」我笑得合不攏嘴。

「你笑啥！肯定是你的台灣腔影響了我，現在我說話都怪裡怪氣的。」小夢嘟起嘴。

「表示你的學習能力很好啊。」我笑著。「那個問題我想了很久，最後我想通了一件事，其實問題本身就是答案，我們都不知道自己想追求什麼，所以才要透過不斷地嘗試去更瞭解自己想要什麼。其實，我們在追求的，就是對自己的了解。瞭解自己喜歡什麼、不喜歡什麼，瞭解自己是個什麼樣的人。」

「我們要多嘗試不同的東西，談戀愛也是喔。」我似笑非笑地看著小夢。

「你……你看我幹嘛。」小夢臉又紅了。

我這時候才發現，以前我好像沒有仔細看過小夢，除了鮮明的圓臉和丹鳳眼之外，她右邊的眼角還有顆淡淡的痣，左邊的眼睛似乎比右邊大一點點，兩頰上有兩個小梨窩，而且……好像比我記憶中更可愛一點？

「其實你長得很可愛耶，為什麼不交男朋友呢？」我問。

她白了我一眼，「像我這樣子很難交男朋友的，男人一靠近我，我就知道他們想幹嘛了，然後就會完全失去對他們的興趣，姊姊的感情生活也是很辛苦的。」小夢嘆了口氣。

「我比你大了五歲左右對吧？」我突然說。

「嗯，是啊，跟姊姊差不多，幹嘛說這個？」

「所以呢，哥哥我要奉勸你幾句，你還記得你是怎麼形容人們的內心嗎？你說『心』這種東西是很複雜的，往往我們內心的聲音不只有一

個。這個世界上善良的人還是很多的，要去多聆聽別人的內心，不是靠這裡⋯⋯」我指了指自己的腦袋，「而是靠這裡。」然後把手放在自己的胸口。

「哼，你說得倒容易，也不想想自己被一個女人利用了這麼久。」小夢吐著舌頭。

「你也許看到了一個人不好的那一面，但是你也不能忽視她善良的那一面，每個人的心中，一定都有一個柔軟的地方。」我看著小夢。

她看上去眼神有點迷茫，我也不知道她到底聽懂了沒有。

傍晚，我們回到十六湖周邊的小木屋中。

「其實我發現你對女孩子還挺有一套的嘛。」小夢瞇著眼看我。

「啊？怎麼說？」我一頭霧水。

「很細心啊、很體貼啊，還會牽女孩子的手！」

這麼說來我才想到，今天在十六湖的步道，上下坡很多，小夢個子比較嬌小，很多時候我直接牽著她上下坡，但我倒覺得沒什麼。

「這樣子香織還不喜歡你啊？」

我抓抓頭：「我其實不太敢隨便碰她，跟她在一起的時候也都說一些很蠢的話，老是反應過度⋯⋯但你這麼一說⋯⋯我想可能是⋯⋯如果我和這個人只有純友誼的話，我會表現得自然一點吧。」

「晚安。」小夢好像扁了扁嘴，走進自己的房間，關門的時候不知是

不是刻意的，還用力摔了一下。

我愣了一下。

「不知道是我特別會惹女孩子生氣呢，還是女孩子特別愛對我生氣。」

- - - - - -

晚上我的房門響起敲門聲。

我打開門，小夢出現在門後。

「小韻，我睡不著。」

「啊，怎麼了？」我剛洗好澡，穿著短袖、短褲，正在擦頭髮，看到小夢時愣了一下，小夢只穿著一件輕薄的黑色連身式洋裝，怎麼說小夢也是正值花樣年華，年紀再大個幾歲應該也是個不輸香織的美女，即便我完全沒想過我們之間的可能性，在此時此刻也很難不產生遐想。

「我覺得很奇怪。」小夢顯得心事重重。「我們這間酒店實在太安靜了。」

我望了望四周：「可能隔音還不錯吧，現在也很晚了。」讓我想起上次來的時候也是很安靜。

「唉呀，不是這個意思，我是說，我完全聽不到其他人的聲音，心裡的聲音。」小夢揉了揉太陽穴。「我有點害怕。」

小夢突然往我懷裡靠，小夢剛洗好澡，散發著嬌柔而旖旎的女體香味，那個瞬間我突然有些意亂情迷。

我甩了甩頭，試圖讓自己清醒點：「之前你有這樣過嗎？」

「那時候我沒有說清楚，在聖保羅的時候我就有類似的感覺，你記得我說那些日本人的聲音嗎？我感覺……不是聽不清楚他們的聲音，那些人，就好像……就好像他們屏蔽了我一樣。」小夢越揉越用力。

我有點不好的預感，我抓住小夢的手：「不要揉這麼用力。那現在你能聽到我的心中的聲音嗎？」

「我……」小夢頓了一下，然後放下雙手，用力跺了跺腳，生氣地說：「不要一直叫我讀你的心！」

說完小夢就奪門而出，留下我傻在原地。

今天第二次了，什麼情況啊？

19　韓小夢｜普利特維策湖

「那個傢伙能再蠢一點嗎！」我走到小木屋外面，用力踢著石頭。「為什麼老是要我讀他的心，他的心裡面除了香織還有別的東西嗎！」

「即使他沒有說，我剛才早就已經讀了他的心，但我唯一看到的畫面就是香織……到底香織有什麼好？他自己……自己不是說要找心地善良的人嗎？」我咕噥著。

我內心無比煩躁。

「奇怪，好像來了克羅地亞我整個人就不太對勁。」

「第一次出國，就一次跑了這麼多地方，橫跨兩大洲，可能對我來說真的是有點負擔吧……話說回來，克羅地亞明明就在希臘旁邊，當初為啥不直接來克羅地亞，氣人！」

「嗯……也可能是一路都在讀另一個人的心，把我自己的腦子都攪亂了，李韻的思緒本來就挺複雜的，不好理解，香織的更複雜，我這種傻白甜哪能理解啊！我和李韻亂七八糟的說了一堆，搞不好都解讀錯了。」

「要是被姊姊知道我不被她扒了一層皮才怪，如果姊姊在的話，我估計在上海的時候就能把所有問題解答了，根本不需要大老遠跑了這麼多地方。」

「唉，如果姊姊真的在的話，李韻是不是會更喜歡姊姊一點，而不跟

我說話呢？」

「還牽人家的手……我哪好意思跟他說這是第一次有人牽我手……」

「呸呸呸！我在想啥，李韻喜歡的就只有香織，我怎麼還把姊姊扯進來了。」

我邊想邊拍打著自己腦袋。

「好吧，再怎麼否認都沒用，李韻對我來說，已經不是一個『常在咖啡館出現的陌生人』，甚至是『一同旅行的男子』那麼簡單了。」

「唉……」我重重嘆了一口氣。

算了，別想了，我的腦子本來就不適合想那麼多事情。

我嘗試放空自己，盡量不去想李韻、香織，還有那一堆亂七八糟的念頭，準備回房間睡覺。

就在這時，我感覺到附近好像有什麼東西。

「又來了，跟在聖保羅一樣的感覺……那種『被屏蔽的感覺』……」

在草叢裡，有人？！

草叢間「沙沙」作響，我雖然挺害怕的，但依然忍不住一步步往草叢

靠近。

那個訊號越來越接近……

「喵～～」

一隻黑貓從草叢中走了出來，嚇死我了，我大大喘了一口氣，蹲下來撫摸小貓。

「原來是你啊。」

小貓順從地讓我摸著頭。

20　作者｜普利特維策湖

離韓小夢不到一公尺的大樹後方，一個微小的聲音從耳機裡發出來：

「行動。」

21　李韻｜普利特維策湖

我坐在床上，實在想好好思考為什麼惹小夢生氣了，但是只要一靜下來，關於香織的各種想法就蜂擁而至，那是好幾種複雜的情緒。

香織對自己毫無感情、香織死了、香織一直在利用自己、香織替自己……

「既然如此，那她為什麼還要替我擋子彈呢？」

我越想越混亂、越心痛。

在小夢面前還可以裝作沒事，但是無法欺騙獨處時的自己。

「還是去看看小夢吧。」

我站起來，準備打開房門，但這時……

門把自己轉開了。

我的大腦大概空白了一秒鐘。

「門我上鎖了，小夢沒有我的鑰匙，難道是旅館老闆？」

我隨手拿了一個放在門口的鞋把，緊張地握在手中……

下一秒，門緩緩地被打開。

「喀。」的一聲，半開的門被鏈條鎖卡住。

我吞了口口水，正要問來者何人的時候，「磅」一聲巨響，門被撞開了！

一名裝備像是反恐特勤組的黑衣人闖進門，拿著槍指著我！
當我還沒回過神來時，黑衣人身後突然出現一個嬌小的黑色身影，那個黑色身影跳了起來。

「磅！」

一記由上至下的飛踢！黑衣人連面罩都被踢碎了，重重地撞在牆上！

黑色身影落地，我定睛一看，居然是喘著氣、披頭散髮的小夢！

「快走！」小夢一進門就說。

「小夢，你沒事吧？」我仍驚魂未定，看著小夢，她身上沒有什麼明顯的傷痕，白皙的腳上只穿了拖鞋，皮膚隱隱發紅，而這隻腳竟然踢碎了看起來那麼堅固的面罩！
「這是……你的『祕密武器』？」我瞠目結舌，突然想起小夢在聖托里尼跟我說過祕密武器的事情。

這時，走廊與樓梯間分別傳來了急促的腳步聲。

小夢大口喘著氣，用身體擋在我的前面。

「來不及了！七個、八個，不，更多！怎麼辦？」

小夢面露驚慌。

「喂！我有個辦法了，你有沒有什麼『很強烈的感覺』？」小夢看著我，非常著急。

腳步聲越來越接近！

「啊？什麼意思？」我愣愣地說著。「心痛算不算？」

「媽的！都什麼時候了！」小夢尖叫著，瞪大了雙眼。

小夢四處張望，然後看向了散落在玄關旁桌上的廚具，她衝過去，於此同時，兩個全副武裝的蒙面黑衣人出現門前，小夢一把抓起刀子……

「啊！！！」

小夢尖叫，刀子刺進了小夢的大腿！

兩個黑衣人也失聲叫了出來，抓著自己的腦袋軟倒在地。

小夢臉色蒼白，血流不止，「看來是有效的……」

她一跛一跛地走向那個被她踢碎面罩的黑衣人，把手伸進面罩裡拔了一個紅色的東西出來：「……就是這個東西阻擋我的心靈感應……」

我定睛一看，居然就是我在聖保羅所看到的「紅色Airpod」！有些零碎的想法開始成形。

小夢喘著氣說：「所以我把我的知覺強化之後分享給他們、打破他們的屏蔽。快……快走……從窗戶！」

嗯，現在不是多想的時候，小夢感覺已經快昏過去了，我橫抱起小夢，從窗戶爬出去，然後看到兩個黑衣人躺在草叢間，面罩破碎。

「這是剛才的……還有……還有更多敵人……」小夢應該是失血過多，越來越虛弱。

果不其然，從轉角衝出來兩個人，迎面拿槍指著我和小夢，小夢緊按著太陽穴，兩個黑衣人雙腳一軟，但仍各自用一隻手撐著地。大概是小夢的痛覺漸漸麻痺，意志力也越來越薄弱，攻擊也就不如第一次那麼有效了。

「得趕快離開這個地方。」我內心害怕且焦急。

我趁隙抱著小夢跑到一台車上，這時我突然感到背部一股刺痛與麻木，一陣強烈的昏睡感襲捲全身，我抱著小夢跌坐在地，眼前一片黑，我隱隱約約看到兩名黑衣人跑過來將小夢從我身上拉走，然後另外兩名黑衣人把我拉了起來。

我全身上下沾滿了小夢流的血，在意識恍惚中，我彷彿看到了一個似曾相識的場景。

……耳畔響起了細微的「嗡嗡」低鳴……

香織的血沾滿了我的身體，慢慢地離我遠去。

香織的手放在我的臉頰上，當下看過的那幾個畫面，又快速在我眼前輪播著。

伴隨著「嗡嗡」低鳴，香織的聲音若隱若現。

所以香織是個心靈感應能力者嗎？

……「嗡嗡」鳴聲逐漸增強……

之前沒怎麼注意，但當時的感覺，和小夢讀取我的記憶時的感覺是不一樣的。

更像是……

我突然理解到一件事情。

那些回憶並不是香織給我的，而是我從香織的腦海裡抽取出來的。

……「嗡嗡」鳴聲強大到耳膜彷彿也隱隱作痛……

也就是，香織確實不是心靈感應能力者。

……大氣劇烈震動著！

「原來是我。」

我被黑衣人帶到了一台車上……回復了一點點意識……我感覺自己手掌上還存有香織熱血的餘溫……車上還有四個人……有三個人的意識清醒……小夢都是怎麼做的呢……按著自己的太陽穴對吧……但我此時覺得另一個方法更有效……那個還留有香織餘溫的地方……那股刻骨銘心的心痛……

我將雙手用力互握！

車內傳來一片慘叫聲，然後車子好像開始打滑，我再也支持不住了……最後，我隱約在黑衣人的腦海中看到了一條熟悉的街道與地磚……一棟我再也熟悉不過的房子……

- - - - - -

我睜開雙眼，試圖要爬起來，但被某種帶子綁住了，我感到全身的肌膚與骨頭都在刺痛，神智慢慢清楚的時候，才發現自己坐在車子的副

駕駛座上，綁著安全帶，旁邊開車的是一個留著一頭烏黑長髮、身穿一套黑色洋裝的女人。髮絲蓋住了臉，看不出來長相，但身形十分苗條。

「你是誰……小夢呢？」我虛弱地說著。

黑衣女子轉過頭來，淡淡地說：

「你醒了。」

我這才看到她的長相，才看了一眼就愣住了，這名女子有著和小夢一樣的丹鳳眼，但不同於小夢的圓臉，她的臉型是瓜子臉，皮膚十分白皙，與黑衣、黑髮形成了強烈的對比，雖然說她的膚色白得近乎沒有血色，甚至有些病容，但她即便不說話也帶有一種高貴優雅、撫媚動人的氣質。

我腦中有千百個問題，不知道該先說哪個，只覺得一片混亂。

這時，我突然有種異樣的感覺，自己的心靈慢慢放鬆起來，思路也越來越清晰，然後腦袋裡聽到一個聲音說：

「我是小夢的姊姊，韓夢兒，小夢被睿思公司和清水的人帶走了，清水就是那個去上海綁架你的日本人，他們正在前往機場的路上。」

我不用再問其他問題也大致瞭解目前的狀況了。

「他們要搭飛機去哪裡？」我問。

「你有想法嗎？我試著要在機場追上他們，不過實在落下太多。」韓夢兒外表平靜，但思緒中帶著一點煩躁。

車內始終一片安靜，只有引擎的聲音。

車窗外閃過一個加泰羅尼亞現代主義特展的看板，看板上有個符號，由四個半圓圍成一圈，中間是一個正圓，突然有個東西撞進了我的腦海裡。

「那是『Ruta del Modernisme』！」我叫了出來，打破沉默。

「什麼意思？」韓夢兒輕聲說。

「是加泰羅尼亞現代主義之路的標誌，也被用來當作城市地磚。」我的腦子飛快運轉著，在我昏倒之前，從黑衣人腦海中擷取的畫面越來越清晰。

「我沒有聽明白。」韓夢兒平靜的聲音之下帶有一絲焦慮。

「我在那些人的腦海裡看到了他們要去的地方！那個地磚、那個街道我再也熟悉不過了……

……是巴塞隆納！」我大口喘著氣。

韓夢兒沉默了一會：「那我們得加緊了。」

但為什麼偏偏是巴塞隆納？

那是個對我有著特殊意義的城市，那是一切故事的開始。

那是我與香織相遇，並且生活了兩年的城市。

22　李韻｜巴塞隆納

克羅埃西亞的首都，札格雷布的機場，海關前方排了一串不算長的隊伍，我剛通過安檢，拎起隨身行李走向最右邊的隊列，我走得很慢，同時不安地看向另一頭的韓夢兒。韓夢兒拖著一個黑色登機箱，走向最左邊的隊列，從容自在。我的腦海中突然響起了一個聲音：

「不要看向這裡。」

我把頭轉正，連忙說：「喔對……不好意思我又忘了……」

我一說完，排在前方的一個中年婦女轉過頭來，用莫名其妙的眼神看著我，我下意識地低下頭，才發現剛才在自言自語。

稍微平復了心緒後，整理了衣容，準備走向海關。而當我正要拿出護照時，心頓時涼了一截……護照不見了？！

我嘗試屏除雜念，在人海中搜尋韓夢兒的腦波，不過我尚未熟練運用這項能力，於是學著小夢的動作把手指按在太陽穴上，但似乎效用不大。以前我一直以為把手指按在太陽穴上是啟動能力的必要條件，但韓夢兒告訴我那是小夢的習慣動作，像韓夢兒自己不需要配合任何動作也能夠自如地使用能力，心靈感應能力受到很多方面的影響，包括信心、當時心境、自己思想的深度、邏輯性，而手勢所帶來的心理暗示確實能夠強化信心從而強化能力。

我吸了口氣，像在十六湖那時一樣，將雙手互握，「嗡嗡」鳴聲在腦海裡逐漸增強，我很快找到那個複雜而深沉的思緒：

「夢兒，我想……我的護照掉了。」

此時韓夢兒正微笑地向海關人員說再見，隔了幾秒鐘才回應：

「把機票給他看就好。」

「不行耶，他需要看我的護照！」我十分徬徨。

此時前方的中年婦女已經通過海關，輪到我了，海關人員招了下手示意我上前。

「夢兒？」

我躊躇在原地，想看向夢兒但又不敢看。

「嘿！」海關人員又招了一次手。

我吞了口口水，緩慢走向前。

「把機票給他看就好。」夢兒又重複了一次。

我內心一片亂麻，我出入境過這麼多次，怎麼可能過海關不需要看護照？！這時候已是騎虎難下，不得不走向前，我尷尬地看向海關人員，對方是一個禿頭的中年白人大叔，面無表情，向我伸出手。

我勉強擠出一個笑容，向海關人員遞出機票，海關人員皺起眉頭，正要張開嘴說點什麼，我冷汗直流，盡力維持外表的鎮定，但心臟簡直要跳出來了。

奇怪的是，中年大叔張開嘴後沒說半個字，突然兩眼發直，用力甩了

甩自己的頭，然後把機票還給我，說了聲再見。

我也傻了，就這樣愣愣地往前走。

「剛才是你嗎夢兒？」我透過心靈感應向前方五十公尺左右的夢兒說。

「嗯，我給了他一個已經看過護照的幻覺。」另一頭夢兒的聲音很平靜。

「好厲害……這樣你出國根本就不用帶護照了。」我讚嘆著。

夢兒沒有回應，但我看到前方的她肩膀抖動了一下，然後聽見她輕輕的笑聲：

「我根本沒有護照。」

飛機降落在巴塞隆納機場，入境時韓夢兒用了同樣的方法幫我掩護，這次我顯得輕鬆許多，這個機場我在過去兩年出入過無數次，而我猜想就算韓夢兒不在，懶散的海關人員說不定也不會檢查我的護照。

我們在機場入境大廳會合。

「剛才謝謝你。」我抓抓頭。

韓夢兒淺淺一笑：「沒事，你剛才已經說很多次了。」

「總覺得用嘴巴說的感覺還是不太一樣。」我尷尬地笑著。

韓夢兒笑而不語。

「所以……？」韓夢兒揚起眉毛。

「喔對，我們去搭計程車吧，他們要去的地方在提比達波山附近，我們去那邊找找。」

我內心百感交集、五味雜陳。

「我以前住的地方就是在那附近。」心裡默默想著，但沒說出來。

「……還有香織的家。」

計程車的車窗外急促地滴滴答答，水滴不斷快速地從車窗上劃過，這時已經是晚上九點了，天色烏雲密布，一片黯淡。

「巴塞隆納居然在下雨呢。」我微笑著看著兩旁的街道，離開巴塞已經一年了，我沒有一天不想著這個令人著迷的城市。

「巴塞羅納不常下雨嗎？」夢兒心不在焉地問著。

「如果比起台北的話是少多了，台北的年均雨量大概有兩千多毫米吧，巴塞應該還不到台北的三分之一，不過比起內陸地區的話那就算很多了，我去北京的時候還經常乾到流鼻血呢。」

韓夢兒輕輕地笑著。

談到巴塞隆納我有說不完的話。

「巴塞隆納天氣好的時候，天空是一片湛藍的，是那種一望無際的湛藍喔！一片雲都看不到，地中海氣候冬天溫暖潮濕、夏天炎熱乾燥，

不過熱的時候平均大概也在27度上下，所以住在這裡是非常舒服的，巴塞的美食和酒吧又多又集中，以前念書的時候呀，吃完晚飯後就會去『Bar Crawl』，中文的意思大概是『逛酒吧』，先在一個地方吃點Tapas，喝杯酒，然後再去下一間酒吧，到三點左右的時候很多同學還會去跳舞，跳到早上直接在海邊看日出，我是沒這麼精力充沛啦，哈哈！」

這時候計程車司機說了一串話。

他說的應該是加泰羅尼亞語，然而我只會西班牙語，而且只會一點，我搔了搔下巴，然後用西班牙語回了他一句。

計程車司機鼓著雙頰吐了一大口氣，然後回了句西班牙文，然後手指著一個方向。

我馬上點點頭用西班牙文說「是的、是的」，也指著同個方向。

「怎麼了嗎？」韓夢兒問。

「喔，他是問我要走哪個交流道，不過他說的是加泰羅尼亞語，這個我聽不懂，所以我請他說西班牙語。」我說。

「你會說西班牙文？」韓夢兒笑著。

我聳聳肩：「怎麼說我在這裡念了兩年書呀。」

「我記得你好像說過，這裡是『加泰羅尼亞』對吧？」

我本來以為夢兒記掛著小夢，沒什麼心情聽我介紹，她問了這個問題讓我有信心說下去，畢竟我憋了一肚子的「巴塞隆納經」。

「喔，對呀，很多人都會覺得巴塞是『西班牙的巴塞隆納』，但對很多當地人來說呢，這裡是『加泰羅尼亞的巴塞隆納』，加泰羅尼亞以前是一個獨立的王國，巴塞隆納是他的首都，後來就被西班牙王國併

吞了，但加泰羅尼亞地區仍然保有很強的獨立意識，當地人使用的第一語言也往往是加泰羅尼亞文，不過他們都是可以說西班牙文的……啊！我們到市中心了！」

車子經過了西班牙廣場，駛入了大街「Gran Via」。

「你知道怎麼在巴塞判斷自己的方位嗎？」

「嗯？」夢兒本來看著窗外，轉過身來看向我，搖了搖頭。

我開心地說：「巴塞隆納是一個超級大的斜坡，中間由一條『對角線大道』所貫穿，東南邊是海，也就是我們現在的右手邊，而西北邊是提比達波山，所以只要看看自己現在處在什麼坡度上面，如果面下下坡的話……」

「也就是面向東南方。」夢兒點了點頭。

「沒錯！」我咧著嘴笑。「啊！這裡是……」

計程車在紅綠燈前停了下來，左手邊的巷弄裡隱約可以看到幾間餐廳，西班牙的晚餐時間是八點開始，現在正是餐廳最忙碌的時刻。

「那裡有一間華人開的火鍋店，是我在巴塞最喜歡的火鍋餐廳！」我指著遠方的其中一間餐廳，那間餐廳的大門與招牌彷彿就在我眼前一樣，我想夢兒可能聽得一頭霧水。

那是一間叫做「夢咖啡」的餐廳，我每次向外國人介紹中式火鍋的時候都會來這間餐廳，老闆娘還經常都會送我一些小東西，有時候是菜、麵條，有時候是點心，當年我離開巴塞隆納前還特地來和老闆娘拍了張合照。

我和香織來過這裡一次，本來那次我只約了香織，香織說要邀請另外一個中國女孩子一起來，那個女孩子是我們的學妹，叫做心心，長得

很可愛，和我交情也很好。我還記得那次心心正在一段情傷之中，香織還說要替她安排聯誼走出那段情傷，所以我和香織很認真地討論著要找學校的哪些男孩子來，一直聊到吃完飯後在門口等公車。

「那尚志呢？尚志單身對吧？」我扳著手指說。

香織點點頭：「對，可以找尚志來。」

「這樣日本人都已經考慮完了對吧……還有誰呢？」我摸著下巴，認真地想著。

「台灣人呢？」香織說。

「噢，克里斯是單身的。」我說。

香織嘟起嘴，戳著自己下巴：

「還有誰呢……喔！」

香織看向我，瞪大了眼睛，很認真地說。

「還有你啊。」

我愣了愣，想不到香織會說出這樣的話，香織是知道我喜歡她的。

心心顯然也是一臉尷尬沒有說話，我心裡鬱悶，轉過頭去：「我想只有克里斯可以。」

接著我們就開始討論其他的話題，香織也沒有再提起這件事。

心心和香織住得很近，每次出門我都會送香織回家，這次也不例外。

三個人下了公車，我正準備要和心心告別，送香織回家時，香織突然說：

「你送心心回家好嗎？」

「噢，不用啦，我家很近。」心心連忙搖搖手。

「心心長得這麼漂亮，晚上一個人很危險，不用送我了，我很老了，很安全。」香織說。

心心和我同年，都小香織五歲。

「我知道了，我會送心心回家。」我勉強擠出一個微笑，心裡更加悶悶不樂。

香織點點頭。

我本以為香織會自己一個人走回家，結果三個人邊走邊聊天，就一起走到了心心家門口。

我內心覺得奇怪，不明白香織在想什麼，但還是順其自然和心心道別，然後再送香織回家，我們照常聊天，表面上也很自然，就這樣一路走到了香織家門口。

「結果還是讓你送我回來了，不好意思。」香織瞇起眼睛笑著。

我沉默了一下，然後說：「我之後可以都陪你走回家嗎？」

香織沒有說話。

「我是說，我們能見面的時間也不多了……」我突然有些哀傷，不過香織似乎沒注意到。

「真的耶……我們好快就要畢業了……」香織點點頭。

我們又瞎聊了一會，我的心思早就不知道飄去哪，一直想著今天香織說的話和奇怪的舉動，最後看香織累了，就在門口和她告別，目送她上樓，直到香織揮著手，關上大門，我仍痴痴地望著門口。

- - - - - -

「……我和香織最常見面的地方，除了學校，就是她家門口了吧。」我出神地想著。「等等……！」

我緊握著雙手，努力搜尋自己腦海中的一個畫面，突然我感覺到一陣溫暖從手上傳來，韓夢兒的右手正覆蓋在我的雙手上，我腦海裡的畫面越來越清楚。

我帶著難以置信的眼神看向韓夢兒：

「我們要去的地方，就是香織的家。」

在飛機上的時候我和夢兒「隔空」大致聊了一下香織與我之間的事，韓夢兒當時並沒有顯得很詫異，只是靜靜地聽著。

「其實這也很合情合理，香織住的地方，很可能就是土肥公司在巴塞羅納的根據地。」她點點頭。

我陷入沉思。

過了一會，我告訴計程車司機要改變地點，然後又和他用西班牙文聊了幾句。

其實，我也只去過香織的家裡一次，但對香織家裡的擺設至今記憶猶新，因此絕對不可能弄錯的。

「香織的家裡擺設還是一樣嗎？那裡會有她身上獨有的味道嗎？」香織對我的影響無庸置疑，自己的心智是否能夠承受這麼近距離接觸到香織的事物，我內心又期待，又是惴惴不安。

不一會，我們搭著車到達巴塞隆納的主幹道，格拉西亞大道。

「裡面有間店可以補鞋跟。」我愣愣地說。

「我沒事，謝謝。」韓夢兒穿的鞋子確實有淺淺的跟，但不是細跟，看上去也沒什麼磨損。

但我仍是愣愣地望著那間店，然後微笑著嘆了口氣，搖搖頭：

「我還記得有次她叫我陪她來補鞋跟，然後她還說她一直想要買一些小東西，髮飾什麼的……我覺得怎麼會這麼巧，偏偏是巴塞隆納、偏偏是香織的家，這裡對我而言又是這麼意義重大、發生過這麼多事……」

我們又沉默了一會，韓夢兒轉頭看著窗外，車子開進了格拉西亞大道

的盡頭，然後左轉進了貫穿巴塞隆納的「對角線大道」，再右轉到了一條小巷子中。

「前面這個地方……」我覺得現在似乎不是做城市導覽的好時機，但有個地方我實在無法忍住不分享。

「停下來。」韓夢兒肩膀劇震。

「啊？什麼意思？」

我還沒回過神來，韓夢兒已經把手伸向計程車司機，計程車司機的身體顫抖了一下，急踩煞車，然後把車停到路邊。

「快下車。」韓夢兒語氣很平淡，但字字句句有股不可抗拒的威嚴。

我雖然不明白發生了什麼事，但還是依照韓夢兒的話立刻打開車門，把我們的行李拿了下來，等到計程車離開時我才意識到自己剛才沒付車錢。

我替韓夢兒撐著傘，她的左手捂著自己的下腹，眼神堅定望著前方，我也察覺到了前方的異常……

有兩個獨特的腦波訊號！

那兩個訊號聽起來就像是在一片清晰的人聲中，傳來兩個類似干擾訊號的雜音，這讓我回想起在十六湖與黑衣人交手時的感覺，心靈阻斷裝置能夠干擾、但並非能夠完全阻斷心靈訊號的傳達。

「是清水和艾瑞克。」韓夢兒皺著眉頭。

聽到「清水」兩個字，我好像觸電了一樣。

我現在仍然可以回想起那個冷漠、殘酷、不帶有一絲情感的心智，當下感受還沒那麼強烈，但自從我的心靈感應能力啟動之後，那種感覺就如潮水般向我襲來。

我一直很納悶，自己對清水應該要有一種復仇的慾望才對，即便是錯殺，那也是清水將我一生中最愛的人帶離了自己身邊，只是每每一想到香織，我的心中就只剩下沉重無比的傷痛，以及一絲絲的辛酸與甜蜜。

但現在清水就在我面前，而且是在一個對我而言充滿意義的城市，我的心情無比複雜。

相較之下，前老闆捲入這一系列錯綜復雜的事件裡，好像也顯得無關緊要。

「你在這裡等我，我擔心你不是他們的對手，如果我需要分神保護你的話會更麻煩。」韓夢兒總是以溫柔的語氣傳達命令，同時又掩蓋不了言語中的焦慮。

我耳根有些發燙，但韓夢兒說的確實是實話：「如果你需要我的話隨時告訴我。」

我拿了一把傘給韓夢兒，韓夢兒接過傘，點了點頭，撐起傘走向前方的一間咖啡店，我則是看著那間咖啡店出了神。

那是一間叫做SandwiChez的咖啡店，是我與香織經常一起唸書的地方。

一開始為了尋找可以唸書的地方，我和香織去了大約三、四間咖啡館，也嘗試過留在學校唸書，但環境都不如SandwiChez好，這裡離我們的家都近，也比較不容易遇到同學……畢竟香織很在意這一點……肚子餓了還能點些東西吃，不過香織通常只會點一杯cafe con leche de soja，也就是豆奶拿鐵，頂多加上一份用透明塑膠杯裝著的水果，有次五點左右香織肚子餓，離餐廳開門還有三個小時左右，但香織又不想吃咖啡店裡的東西，我就悄悄地離開咖啡館，到來回兩公里以外的地方買了一罐巧克力餅乾，那是香織最喜歡的口味，那天我穿著西裝與皮鞋，擔心香織等太久，所以我一路上都在奔跑，即使如此還是花了十五分鐘左右的時間，當我走回座位上時，香織詫異地看著我，問我去哪，我滿頭大汗地拿出那盒巧克力餅乾，到現在我都還忘不了那時香織臉上的表情，像極了拿到糖果的小孩子，那樣的開心與純粹。

我靜靜地回想著我與香織在這個咖啡館裡面的回憶，它是那樣平凡無奇，卻又是那樣無可取代。

「不管怎樣，但等事情結束後，我要坐在這裡一整天，好好喝一杯cafe con leche de soja，一邊吃著Oriol Balaguer的巧克力餅乾。」

23　作者｜巴塞隆納

在Sant Gervasi地鐵站出來走個三分鐘左右，可以看到一間連鎖的咖啡廳，SandwiChez，下午總是坐滿了享受咖啡時間的上班族，或是來用電腦做作業的學生，到了七點出頭進入晚餐時間後人潮才慢慢散去。

今天有點不一樣，十一點了，二樓仍然還有一桌客人。

穿著連身圍裙的加泰羅尼亞女店員拿著托盤走上二樓，走向牆角的那一桌，將桌上僅有的兩個水杯收走，即使兩個水杯都是滿的，同時她用西班牙文說了一句話，店員用餘光掃了一下那桌的三位客人，三人反應出奇地一致：沉默不言、紋風不動。

她左手邊坐著兩個亞裔男子，一個穿著海軍藍色的短版西裝，梳著油頭，是艾瑞克。而艾瑞克的左手邊，是身著黑西裝、短髮、薄唇、五官深邃並略帶點滄桑的男子，清水。

清水的對面，是一襲黑色洋裝、丹鳳眼、瓜子臉的優雅美女，韓夢兒。

店員看三人一點表情都沒有，放下托盤，攤了攤手，用帶有濃厚加泰羅尼亞腔調的英文說：

「我們關門了！」

然後拿起托盤，一路低聲咒罵走回樓下。

但仔細一看，三人並非沒有沒有任何表情。

韓夢兒面色蒼白，右手緊緊抓著左腹，左上疊在右手上面，低聲喘著氣，眼神落在木製的桌子邊緣。

清水一如既往地面無表情，雙眼盯著韓夢兒，雙拳緊握放在膝上，額頭上冷汗涔涔落下，微微咬著下半邊的薄唇。

唯有艾瑞克表情一派輕鬆，嘴角略帶笑意，眼神堅定地看著韓夢兒。

「這是一場不能輸的遊戲。」艾瑞克不斷對自己說著。

兩邊耳朵分別掛上黑色與紅色的心靈感應裝置彷彿都熱得發燙。

這是一場持續兩個小時的意志力馬拉松，對於任何人來說，維持兩個小時的高度專注不僅僅是心靈上的考驗，連肉體都將要被逼到極限，但對艾瑞克來說，這只是他成長過程中所有考驗的一小部分。

當他小學五年級剛獨自搬去美國親戚家的時候，因為膚色的關係，同學對他的取笑從未間斷，曾經有一次，一群同學拿了幾串香蕉丟在他的位子上，讓他把十幾根香蕉一次吃完。外黃內白的「香蕉」，是對艾瑞克這種華裔美籍的孩子充滿種族歧視的侮辱。

數不清多少次，艾瑞克打開置物櫃時，看到的不是充滿侮辱的字眼、圖片，就是從櫃子裡炸出來的巧克力醬，或是巧克力醬的相似物。

曾經有段時間，他每天都帶著大大小小的傷回家。

當時年紀幼小的艾瑞克，在看到一大串的香蕉時、在吃香蕉吃到吐出來時、在擦掉臉上的巧克力醬時、在被壓制在牆上時，他從來沒有生氣過、沒有掉過一滴淚，總是露出無奈的微笑，聳聳肩，說：

「Come on！」

這句「Come on！」就這樣說了三年，艾瑞克本來想著無論做出任何反應都只會讓欺負的人覺得更有趣而已，但想不到同學將他的回應作為一種示弱，而示弱只會讓力量主義至上的美國人對他更加地輕視。所以艾瑞克開始找尋別的出路，他加倍努力地念書，透過唸書去結交那些最聰明、最優秀的同學，同時他加倍努力健身，讓自己能被學校的橄欖球隊所接受。

對於天生有注意力不足過動症的艾瑞克來說，集中精神做這些事情是極其困難的，他不僅僅是要做到變得更聰明，而是要比那些最聰明的同學還要聰明他才能被接受；他不僅僅是要做到通過校隊甄選的門檻，而是要比多數的校隊選手還要強壯、還要厲害，才能打破別人對他的歧見。

艾瑞克都做到了，以他驚人的意志力做到了。

而艾瑞克並不滿足於受到同學的認可，高中畢業後，他申請上了加州大學洛杉磯分校，畢業後進到頂尖的管理顧問公司工作，然後再進到最頂尖的商學院，拿了一個MBA學位，最後成為睿思公司的總裁，這一路上他也曾經迷惘過，但唯一不變的事情就是，他要變得厲害、他要爬得更高。

五年前他認識了現在的妻子蜜雪兒，兩年後他的兒子亞當出生了，自此他有了有守護的事物，而他決不允許曾經發生在自己身上的事在亞當身上重蹈覆轍，所以他必須讓自己、讓睿思公司更強大才行。

也就是說，心靈感應裝置，絕對不能容許任何的差錯。

左耳掛著紅色的MC 5，負責隔絕外界的心靈，也就是阻止韓夢兒不斷試圖控制他的心靈。

右耳掛著黑色的MC 4，負責傳遞心靈訊息，艾瑞克悲慘的青少年回憶就是他最大的心靈武器，他相信只要自己不斷一點一滴將這些回憶輸入韓夢兒的腦海裡，她遲早會崩潰。

兩個裝置自從在克羅埃西亞使用過後又升級了一次，更加無堅不催、銳不可擋。

一手持盾，一手持劍，其中的動力，就是自己的意志力！

「論意志力，我不會輸給任何人。」艾瑞克冷靜而自信地想著。

「好熟悉的壓迫感。」韓夢兒想著。

兩個意志力強大的敵人，不管怎麼樣都接近不了的大腦，以及源源不絕從對方身上傳來的負面情緒。

對峙從走進咖啡館的那一刻就開始了，艾瑞克與清水很快地發現韓夢兒的存在，韓夢兒一步步走上階梯，慢慢在位子上坐下，雙方的攻防沒有一秒停止過。

其實，韓夢兒只需要撥出一點的意志力，控制其中一個店員，讓他們用菜刀在其中一個人的脖子上輕輕劃上一刀，對峙就這麼結束了，但今天她還不想在這場單純的意志力對決上認輸，又或是說她不能認輸。不久前，她才在一場意志力的對決中輸給對方，夢兒永遠忘不了那個神祕而強大的心智。

韓夢兒打了一個哆嗦，發現自己正身處在一個陰暗潮濕的地牢裡，而且全身赤裸。

即便處於這樣的情境下，她依然很冷靜，開始回想自己是怎麼到這裡來的，然後她想起自己剛才進了一個屋子，格局複雜無比的屋子，然後她踩中了一個陷阱，掉了進來，至於自己為什麼全身赤裸卻完全想不起來。

滴答、滴答的水聲，伴隨著高跟鞋觸及地板的腳步聲，一個個頭嬌小

的女子出現在韓夢兒面前，她身上穿著白色蕾絲邊的雪紡紗洋裝，微微欠身，用英文說：

「你醒了啊。」

韓夢兒這才想起來，這個女人叫作「淺田香織」。

韓夢兒微笑著，走向淺田香織，赤裸的身材在她面前一覽無遺，韓夢兒雙手交疊放在腹部上，並不特別掩飾，在自己赤裸的情境下任何人都會比平常更加容易畏縮，但韓夢兒知道如果現在她退卻了，就會全盤皆輸。

韓夢兒比淺田香織高了半個頭，淺田香織先仰著頭對韓夢兒微笑，然後低下頭來，搓揉著自己的左右臂膀，看起來比平時更加嬌小，小聲地說：

「你來我家做什麼呢？」

那一霎那，韓夢兒感覺到自己徹底失去了立足點，香織的退卻，讓自己的自信與氣勢失去了附著的地方，只能在空蕩蕩在地窖徘徊。

一陣寒意竄上韓夢兒的腦門，她瑟縮了下，然後慢慢地蹲了下來，全身蜷縮成一團：

「……你好厲害呀，我從沒見過這麼複雜的『夢境』，算是我輸了。」

夢境往往藏著人們最深層的意識與祕密，進入另一個人的夢境是控制心靈、奪取情報最強大的方式之一。

香織微微張嘴：「所以我們是在我的夢境中嗎？你進到了我的夢裡來？」

韓夢兒保持著微笑：「所以你找我做什麼呢？或是說⋯⋯你的組織找我做什麼？」

香織搖了搖頭：「跟組織沒關係。」

韓夢兒落寞地說著：

「我從小到大被很多組織追捕過，本來平靜了一陣子，想不到又出現了，這次是一個日本的組織嗎？」

香織沒有回應她，然後緩緩地蹲了下來，雙手伸進鐵欄杆，輕輕撫摸著韓夢兒的肩膀，那一霎那間韓夢兒突然感受到有如母親般的溫暖，從這個未知的敵人身上。

韓夢兒詫異地抬起頭，想看清楚這個女人究竟是何方神聖。

香織淺淺地笑著，若有所思，然後輕聲說：

「『人生就是不斷放下，遺憾的是，我都沒能好好的與他們告別。』我想問，如果你註定要與一個人道別，你會選擇什麼樣的方式呢？」

這段過往仍使她心有餘悸，本來她的身體就不太好，那次交手之後，韓夢兒的身體又更差了。

「必須透過一次完美的勝利來鞏固信心，否則心靈感應能力會越來

弱。」韓夢兒這麼相信著,她閉上眼睛都還能想起那個令人猜不透的
笑容。

只要,一點縫隙就可以了。

韓夢兒抬起頭來,看向艾瑞克。

再次見到韓夢兒,應該是個什麼樣的感覺?

自己的子彈射進香織的身體裡,應該是個什麼樣的感覺?

但不管再努力想,清水始終想不起那種感覺該有的樣子。

大學的時候,透過聯誼認識了香織,清水就讀於日本頂尖的一橋大
學,香織則是在一所女子貴族學校。第一眼看到香織的時候,清水就
深深的被她所吸引,年輕時的清水沒有現在的滄桑,瘦高的身材、深
邃的五官、優秀的學歷,以及幽默的談吐,讓當時的清水頗受女孩子
歡迎,很容易的就和香織走得很親近,但在感情上較為靦腆的清水從
不曾表達對於香織的愛意,即便後來兩人進了同一間公司,香織也經
常會等他一起下班,他也能感覺到香織對自己有著比朋友更親密的好

感，但他始終無法在兩人的關係上有更進一步的發展。

在香織決定要去巴塞隆納唸書時，他想，這可能是最後的機會了吧，畢竟兩年後香織回到日本，也不見得會和他待在同一個部門了，於是清水和香織表達了自己的愛意。

而香織接受了。

有那麼幾天，清水覺得自己是全世界最幸福的人。

但很快的，命運和他開了一個玩笑。幾天後，清水收到了一個任務，公司讓他去接觸一個心靈感應能力者，黑寡婦。

清水的腦海裡依舊可以清晰地重現那個畫面，黑寡婦的手抓著他的腦袋，他可以看見自己腦海裡有團霧氣快速地被吸入一個漩渦當中，那是他曾經有過的所有記憶。

直到耳邊傳來一聲巨響，他回過神來的時候，黑寡婦已經不見了，自己深陷火海與殘垣斷壁之中，萬幸的是，他的記憶仍然完整的保存在那裡，包括香織與他的回憶。

只是，他再也感受不到自己看著香織時的那種心跳與衝動，再也感受不到與香織並肩走在路上時的溫暖與美好。

清水失去了所有的情感，也再也無法擁有任何情感。

近期讓他最有感受的一次，恐怕就是他讓香織接下接觸李韻的任務，他內心深處彷彿有種復仇的快感，同樣的感覺也出現在他向李韻扣下板機的那一刻，但即便有這樣的情緒，也只是稍縱即逝。

自己錯殺了香織，那種感覺應該叫做茫然、意外，還有哀傷。

再次見到韓夢兒，那種感覺應該叫做憎恨。

清水雖然感受不到，但是他清楚地知道著，復仇對他來說並不會帶來半點快感，現在，他就只是機械式地執行組織的命令。

韓夢兒花了大半的心力試圖攻破清水的心靈阻斷裝置，讓清水頗為吃不消，同時清水將自己的思緒源源不絕傳遞到韓夢兒腦海中，那是一種不帶任何情感的黑暗，又或者說，絕望。

「黑寡婦，你早晚會崩潰的。」

24　李韻｜巴塞隆納

我回過神來的時候，自己已經站在香織的家門口了。

那是一棟不起眼但典雅的公寓。

我還有點摸不著頭緒自己到底為什麼跑到這個地方來，這時候，那個聲音又再一次在我腦海中響起：

「小韻……」

- - - - - -

在十五分鐘前……

韓夢兒進到咖啡館不到十分鐘我就已經按捺不住，雙手互握，嘗試搜尋他們的腦波，正當我啟動心靈感應能力時，一個呼喚我名字的聲音傳入腦海……

「小韻……」

那個聲音輕輕的，帶了點撒嬌與頑皮的意味，一句日文。

世界上，唯一一個會這樣叫我的人，只有香織。

那個感覺再真實無比。

我大概只思考了半秒，就丟下雨傘與行李拔足狂奔。

不論是任何人的生死，甚至是我自己的生死，世界上，都沒有任何事情比香織更重要了。

我早有預感，只要我依循著那個聲音，我將來到香織的家。一路上，那個聲音依然不斷地呼喚我。

「香織是不是還活著？香織是不是出事了？如果見到了香織我應該和她說些什麼？」

我一邊奔跑著，腦袋一邊快速地翻轉這些念頭。

香織的家在二樓，我正在猶豫是否要按門鈴時，「喀噠」一聲，門就打開了，我感覺自己就像掉了三魂七魄似的，下意識地把門推開，走上樓梯。

「那裡還會留著香織的味道嗎？」我忍不住這樣想著。

我只有一次受邀到香織家裡過，但也就純粹是為了做功課，因為香織那天說自己的狀態不太好，不想出門，但等到我看見香織時，她依然是那麼的美麗與容光煥發，或許她對自己「狀態不好」有不一樣的定

義吧，我那時這樣想著。

「房東還會留著聖托里尼的明信片嗎？」

上次去的時候，香織的牆上唯一掛著的一張明信片就是我們一起去聖托里尼玩的時候買的，我甚至覺得那是香織為了我來而特意掛上的。

「還有那張地圖。」

另外，香織家裡貼了一張大的世界地圖，像刮刮卡一樣，去過哪裡，就可以把那個地方刮開。

「不過不可能，香織一定都帶回日本了。」

我踏上最後一階，眼前是香織家的門口，上次我就是在這裡目送香織走進去的，內心五味雜陳，當下甚至覺得我們兩人不會再見面了，即便日本和台灣只相距不到三小時的飛行時間，不過現在似乎是成真了。

我的心臟一陣絞痛。

門已經被人打開了，我輕輕一推。

一陣香味撲面而來，那是香織用的洗髮精，還有洗衣精的味道。香織身上從來不擦香水，我也只有在距離香織很近的時候才會聞到她身上的味道，那種味道並不強烈，令人感覺很放鬆、很親近，也就是她送給我的香袋的味道，儘管香袋上的味道早已消失。

我走進了玄關，把鞋子脫了放在一旁，我有種預感香織就在這間屋子裡，我可以想像如果被香織看到我穿著鞋走進家裡，她一定又會皺著眉頭把我說一頓。

一想到香織的表情，我不禁又是甜蜜、又是心酸。

香織的家是樓中樓，一進門後，左手邊是廚房，右手邊是客廳和餐廳，入口處有個小樓梯上樓，那是香織的臥室，我也只去過客廳和餐廳。

即便眼前沒人在家，我也不敢隨便上去香織的臥室，我右轉走進了餐廳與客廳，我才轉過身來，眼前的場景就令我愣住了，我覺得自己彷彿浸沒到了溫泉裡，全身起雞皮疙瘩，又暖呼呼的。

客廳的擺設和我上次來的時候一模一樣。

牆上掛著聖托里尼的明信片，旁邊貼著那張世界地圖，我記得當時我們看著那張地圖，說著下一個地方要去哪裡。

但令我更吃驚的是，除了聖托里尼的明信片和世界地圖外，還擺著幾個相框。

第一個相框，是聖托里尼的照片，我很確信那絕對不是買來的照片。相框裡的，是亞尼斯的那間海邊小屋，照片裡有一張小桌子，桌子上擺滿了食物，遠方是海天一線，那個景色，是我們在聖托里尼吃早餐時的景色。

我甚至能感受到地中海的海風拂上臉頰，似乎還能聽香織那天早上哼的歌「最重要的事」。

第二個相框，是一塊生日蛋糕的照片，蛋糕上面寫著「淺田香織生日快樂」，我忍不住笑了，那是在聖保羅的時候，我翹課跑得大老遠去買的蛋糕，為此我還向香織撒了一個很爛的謊，但估計她當時早就識破了。

那天香織笑得好開心，我總覺得是自己拿了全世界最棒的禮物。

第三個相框，是一池清澈見底的藍綠色湖水，不必細看我就能知道那是十六湖公園，那次旅行裡香織總是不願意和我合照，最後我在湖邊照了自己和香織的倒影，她才滿意的點了點頭。

最後一個相框面朝下，被人蓋了起來。

我不假思索把它掀起來，看到照片後，我感到全身癱軟無力，坐倒在沙發上。

照片上，一個穿著套裝、嬌小的女孩子，輕輕靠在一個西裝筆挺的男孩子身上，兩人背後是一大片花園與巴塞隆納無垠無涯的藍天，女孩子淺淺地笑著，男孩子一臉羞澀。那天風很大，相片裡可以看見女孩的髮絲飛舞在空中，但還是一如既往的端莊與優雅。

是香織與我的合照。

也不知道是被刻意地安排，還是命運使然，我們在拍畢業照的時候，居然被安排在鄰近位置，我當然十分開心，沒有什麼比這樣的紀念更有意義了，但香織卻顯得不太自在，拍照前總是找別人聊天，我那時很不開心，那天也沒有再找香織說過話了，即便香織問我事情我也不太理睬。散場後，我在還畢業服的時候遇到了香織，香織說今天都還沒有和我合照過，於是我們又走上了學校屋頂，找人幫我們拍了這張合照。

拍完之後，香織瞪了我一眼，就好像在說：「這下你開心了吧。」

我當時則是不好意思地笑了。

她總是這麼敏銳，又這麼的體貼地照顧著我的心情。

我的背後腳步聲響起。

「香織離開之後，這間屋子就沒有人動過了。」

我的眼前，走過來一個金髮藍眼的外國男子，戴著一副厚重的眼鏡，頭髮亂得像是一團鳥窩，身上穿著一套不合身的老舊西裝。外國男子說的是英文，他的聲音不大，很沙啞，彷彿不常與人說話似的，帶著點滯澀感，態度雖然不友善，但也不會令人感受到威脅。

看到屋子裡有人，本來我應該大吃一驚的，但我現在已經無力做出任何反應，我轉頭看向這名男子，心中只想知道一件事：

「香織在哪裡。」

外國男子用沙啞的聲音，笨拙而無情地說：

「香織死了，就死在你的懷裡，你不會忘記了吧。」

不管香織是死是活，絕對和你們脫不了關係，一股心酸、哀傷、憤怒

的情緒盈滿了我的內心。

雙手用力互握！

25　韓小夢｜巴塞羅納

空氣裡有股淡淡的衣物芳香劑味道，揉合了的洗髮精香味，四周隱隱約約迴盪著沒聽過的交響樂，眼前閃爍著忽明忽暗的黃光，然後光線慢慢穩定、清晰起來，我睜開雙眼，眼前的景象是塗著地中海風格乳膠漆的白色天花板，而我躺在一個軟綿綿的地方。

我試圖移動身體，但才稍微動了一下，右外側大腿就傳來一陣劇痛，同時右手掌的手背上也隱隱刺痛，我這才發現自己躺在一張白色的雙人大床上，蓋著一條白色薄被，身上穿著一套像是連身裙的衣服，右手背插著針頭，針頭透過一條長長的透明軟管連到了一袋掛在金屬支架上的透明液體，透明液體正緩慢地冒著泡。稍微拉開薄被，我的大腿上被包了好幾層繃帶，在神智逐漸清楚後，我才回想起在小木屋時發生的事情。

- - - - - -

我蹲下來摸著小黑貓，那一刹那，我從貓的身上感覺到很不尋常的殺氣。

貓的腦海裡，殘留著兩個黑衣人的身影，是種似曾相識的感覺，我在聖保羅曾經有過的感覺：

「明知道存在，但卻讀不了的心。」

我立刻轉身，尚未看清楚他們的長相，我直接向斜前方跳起，然後用右腳朝他們兩個人的面罩踢過去，我甚至還感覺到了子彈從我的手臂飛過。

這就是我告訴李韻的祕密武器，千錘百鍊、無堅不催的踢擊！

在一場惡戰之後，我終於體力不支，最後，我只記得自己昏倒在李韻的懷中。

「對了！那李韻呢？」

我用力地掀開薄被，才試圖要移動，右腿上的劇痛就幾乎可以讓我再昏迷一次。

「笨死了我，這麼多方法偏偏用了一個後座力最強的。」我忿忿地想著。

隨即我想到一個更重要的問題：「不會留疤吧……」我想撫摸傷處，但光用想的都覺得痛，似乎繃帶下的傷口已經被縫合了。

這時，「咿呀」的一聲，門被打開了。

走進一個金髮藍眼的中年男子。

那個男子說了句應該是英文的話。

「啥？」我驚嚇地想蜷縮起身體，但是移動再度讓我痛徹心扉，連想使用心靈感應的餘力也沒有。

他又說了幾句我聽不懂的話，聽他說話有種滯澀感，感覺口齒不是很清晰。

我用右手按住太陽穴。

於此同時，那個男人從口袋中掏出一個黑色的「Airpod」，就是我在咖啡廳看到的那個，現在我確信它不是「Airpod」了。那個男的把那個機器掛在自己的耳朵上，然後又說了一句話。

「你好，我叫勞倫斯。」

我的手停在半空中，這下子我可是目瞪口呆了……

我清楚地聽到勞倫斯腦海中傳來的聲音。

一股莫名的敵意自內心湧起，我將手放在太陽穴上，把腳上的疼痛轉為心靈訊號向勞倫斯發射過去。

他看起來快暈過去了，當我準備再發送一波的時候，他從口袋中掏出另一個機器，和剛才那個長得一樣，只不過是紅色的，掛上另一只耳朵。

這就是我曾經感受到的那股「阻絕」的力量。

「算了啦，要殺要剮隨便你。」我倒在床上，雙手用力搗住耳朵，大

口喘著氣。

然後，我再度聽到勞倫斯腦海中傳來的聲音：

「你想不想知道李韻心中有沒有你。」

這句話狠狠敲響了我心中某塊地方。

我曾經想過這件事，但又強迫自己不要去想。

「這是不可能的事！醒醒吧你！那個傢伙的心裡全都是香織！」我不斷地對自己說。

「只要你想要，你隨時都能知道答案，但是我知道你不會這麼做的，所以讓我來幫你這個忙。如果你把手放下來，我就當作你有興趣繼續聽了。」

透過心靈感應溝通時，那個叫勞倫斯的傢伙完全沒有平時說話的駑鈍感，條理清晰，思路分明。

我心裡不斷想著：

「他們是我們的敵人耶！也是姊姊的敵人耶！怎麼可能聽他說什麼話！韓小夢，你給我冷靜點！冷靜點！」

但是，不知怎麼的，我的手慢慢放下了，坐起了身體，愣愣地說：

「你要怎麼做？」

「首先，我需要你引誘他到這個房間來。」勞倫斯說。

「我被你困在這裡是要怎麼引誘。」我瞪著勞倫斯。

「用這個東西……」勞倫斯拍了拍他右手邊一台像是空氣濾清器的黑色機器。「這是一個心靈訊號放大機，可以使你的傳遞範圍擴大到一公里以外。」

「要找到他的腦波哪有這麼容易啊，還有你們到底把我抓到哪裡了！」我揮舞著右手，試圖弄掉插在我手背上的透明軟管和針頭，但是又害怕針頭插離手臂的刺痛。

「我不能告訴你他在哪裡，我只能告訴你，他跟著你一起過來了，馬上就會到這個城市。」

我臉上一陣紅暈，想不到李韻居然這麼重視我。

「但是要在人群中找到他……哪是這麼容易的事情啊，他的腦波又不是那麼特別……」我嘴上這麼說，心裡默默回想著李韻的腦波，說不定我還真的能找到他呢。

「如果他是一般人的話，確實很難找，但如果他也是個心靈感應能力者呢？」勞倫斯說。

「你說什麼？李韻怎麼可能是心靈感應能力者？！」我瞪大了眼睛。

「他本來就有這種天分，一定是某種事件激發了他的能力，某種讓他

產生強烈情感的事件。」

「該不會……是因為我被抓走吧？」我心裡千頭萬緒，「難不成李韻也喜歡上我了？」我的臉上一陣發燙。

勞倫斯接著說：「我們的人正在追蹤他，只要他到了特定的範圍之內，我就會把機器啟動，這時候我需要你的幫忙。」

「啊！那這件事就說得通了！是李韻他自己抽取香織的回憶的！這樣的話他就不是因為我才啟動能力的嘛！」我頓時失落了起來，忘了回應勞倫斯的話。

「你應該熟悉香織的腦波吧？」直到他說這句話的時候引起了我的注意。

「什麼香織？」我回過神來，聽到這個名字我的眼睛瞇成一條線。

「我需要你用香織的腦波吸引李韻過來。」

「我才不要呢！為什麼……為什麼不用我自己的腦波……」我越說越小聲。

「重點不在於他怎麼過來，而是在他來了之後。」

勞倫斯又說了他接下來的計劃，我越聽越覺得詭異，眉頭越皺越緊，正要開口駁斥時，勞倫斯說了：

「最後，我要他使出心靈感應能力的第三階段，把你，變成香織。」

「什麼？！」我失聲叫了出來。

「這個能力可以把你的心智徹底抹殺掉，置換成香織的心智，從此後他看到你，就和看到香織沒有分別了。」

「李韻怎麼可能會答應這種事！」我非常激動，眼前這個人簡直瘋了。

「你說呢？」勞倫斯依然非常冷靜。

我腦袋內如一團亂麻，李韻怎麼可能會為了香織犧牲我呢？以我對李韻的理解……他絕對……真的……不會嗎？

「當然，如果李韻放棄了，那我的計劃就失敗了，我也無話可說。」

我默默不語。

「怎麼樣，要不要賭一把，李韻要香織，還是要你？」

我全身瑟縮。

然後緩緩點了頭。

26 李韻｜巴塞隆納

「你有沒有，愛過一個人。」

勞倫斯的聲音伴隨著嗡嗡鳴聲在空中迴盪著，這句話彷彿帶來了一股電流，竄遍了我的全身。

「到底有沒有人可以教教那個美國人，不要每次都亂丟飲料罐。」

勞倫斯簡直難以置信，那位女同學的聲音完全不像平常那麼友善，而且充滿了怨懟。

「他能不能去上給外國人讀的學校，老師還常常要為了他放慢速度，會影響我們的學習的。」那位女同學繼續說。

「我不喜歡你這麼說，他才剛來，很多事情都需要別人幫助，你想想，你剛轉學過來的時候，對這裡的規矩都不熟悉，但是大家不也是接納你了嗎？」另一位女同學言詞中帶了點責備的意味，不過聲音很和緩。

「嗯，她總是對我這麼友善，教我怎麼折飲料罐，還幫我說話，她是我在這所學校唯一的朋友了⋯⋯」

那個叫櫻智子的女孩，勞倫斯默默地想著。

- - - - - -

「哇，我覺得洛杉磯的空氣比東京還要新鮮呢！唉，如果不是你幫了我這麼多忙，我一定申請不到這麼好的大學。」櫻智子用力伸了個懶腰，轉頭看向勞倫斯燦爛地笑著。

智子與勞倫斯漫步在加州大學洛杉磯分校的校園裡，上了大學以後，智子化的妝比起以前更成熟了，從小兩人就一起長大，勞倫斯一直喜歡著智子，但卻沒有真正在意過智子的長相，現在一看，才發現智子的臉型是小小的瓜子臉，明亮的雙眼下緣有兩道臥蠶，使她無時無刻看起來都是笑臉迎人，這也是為什麼自己可以和她相處得這麼自在吧，在別人面前，勞倫斯總是連話都說不清楚，但是對智子自己卻可以滔滔不絕。

「沒什麼，我只是幫你改了改申請資料表而已。」勞倫斯低著頭，雙手插著口袋，看似滿不在乎但內心很得意。

「不止呢，你幾乎幫我重寫了申請表，還有英文也是你陪我練習的⋯⋯」智子越說越小聲。

「喔，對了，你這週末有沒有空⋯⋯？有一間餐廳我一直很想去⋯⋯」勞倫斯的臉紅了起來，他經常和智子去圖書館念書，但似乎

從來沒有單純一起吃一頓飯。

「這週末嗎……」智子戳著自己的下巴，認真地想著，「我好像要跟同學一起做報告呢，我再跟你說好嗎？」

「噢，沒關係，如果不行的話就算了。」勞倫斯急忙揮揮手。

「我再告訴你。」智子微笑地看著勞倫斯。

勞倫斯看著智子與另一個美國男同學，馬修，的背影遠去。

馬修跳下自己的腳踏車，扶智子坐上去，智子似乎不太會騎腳踏車，一路上搖搖晃晃的，馬修一手牽著車，一手扶著智子的腰。

「智子明明很會騎腳踏車的，那個男的為什麼要碰她？」勞倫斯只覺得胸口中有一股氣喘不過來，沒有意識地遠遠跟在後面。

「上一次和他們兩個出去做報告，做完之後他們說還有另一個報告要做就一起走了，難道那次他們也不是去做報告嗎？」

勞倫斯心裡一陣混亂，他想起智子的笑容、智子以前和自己練習英文時有些笨拙的模樣、在圖書館裡面打著瞌睡的智子、在自己犯錯時總是像姊姊一樣教訓自己的智子，那個在小學的時候總是照顧著自己的智子……

「智子真的是人太好了，對每個人都是這麼好，但是對我是獨一無二的。」

勞倫斯轉頭走進另一條小路，不再看著馬修與智子，心裡堅定地這樣

想。

「我一直在想……如果明天是世界末日的話，我還有什麼事情想做、
什麼話想要對別人說……然後一個念頭閃過我的腦海，我想要告訴
你，我喜歡你，智子。」

勞倫斯與智子並肩走在回家的路上，他終於鼓起勇氣說了這句話，其
實他想了很久到底要不要告訴智子，但是有鑒於智子最近對他越來越
冷淡，他必須做點什麼事情來維持他們的關係。

智子低著頭不說話，勞倫斯繼續說，他第一次見到智子時的模樣，從
一開始他只當智子是一個可愛的女孩子，到後來他越來越對這個隨時
帶著笑容、對每個人都非常友善、氣質絕倫的女孩子有著無可自拔的
愛慕，邊說邊走到了智子家門口，智子停在家門前聽勞倫斯繼續說。

智子輕輕說了聲謝謝。

「所以，最後，我也想知道，你對我是什麼感覺。」

智子嚥了口口水，慢慢地吐出幾個字：

「我喜歡你……作為我的朋友。」

勞倫斯似乎不是很意外聽到這句話，就像是已經預測好智子的回答一
樣，他接著說：「沒有別的了嗎？」

他不確定是智子沒說話，還是智子用極小的音量說了「沒有」。

「即便……我為你做了這麼多事情……你也沒有任何感覺嗎？」

勞倫斯艱難地說出這幾個字，他覺得喉嚨乾燥無比。

智子依然低著頭不說話，就這樣過了不知道多久。

「我明白了。」勞倫斯說。

勞倫斯深吸一口氣，接著說：

「對我來說，你就像公主一樣，但是我想讓你知道，我希望，公主並不一定要找到一個王子，但一定要找到一個能夠把你當公主的人……智子，你一定要過的幸福。」

- - - - - -

「你交女朋友了嗎？」智子微笑著看著勞倫斯。

大學畢業之後，勞倫斯覺得自己已經無法再和智子待在同個城市裡，自己對智子的愛意並沒有在她拒絕自己以後削減半分，於是他再也無法忍受和一個自己所深愛、但卻永遠無法開花結果的女人同住在一個城市中。

他拒絕了好幾個矽谷寄過來的工作錄取通知，然後搬去了台北，一個沒有人認識他、但是被評為「最適合外國人居住」的城市，並在那個

城市當了一個英文補習班老師，他不想再接觸任何和自己本身專業有關的事情，只要一看到程式碼，他就會想起哪些和智子一起寫作業、甚至是幫她寫作業的日子。

這次，智子回東京參加朋友的婚禮，順道來台灣玩，也約了勞倫斯見面，勞倫斯掙扎了半天，他還記得自己和智子最後一次見面時，自己告訴他：

「只要一想到自己還能看到你，就覺得我們之間還存在著希望，但我知道希望並不存在……所以，我想我不會再和你相見了。」

但最後他還是無法拒絕智子，他甚至無法想像智子來了以後，遇到問題找不到人幫助的樣子，自己必須在她身邊……況且……如果這次智子來是帶給自己什麼好消息呢？她會不會改變心意了？

勞倫斯準備了將近一個月，做了無數功課，甚至預先去了一遍那些旅遊景點，最後安排了一個他認為是台北最精華的行程。

那天台北下著雨，在他開車載著智子前往九份的路上，智子突然這麼說。

「你交女朋友了嗎？」

勞倫斯深吸一口氣，點點頭。

事實上，他並沒有交女朋友，只是想看看智子驚訝的表情，想看看她是不是有點扼腕，然後再告訴智子實情，說自己始終深愛著她。

智子轉過頭看著勞倫斯，開心中帶著點驚訝。

「恭喜你！」

「謝謝。」勞倫斯微笑。

過了一陣子沉默，正當勞倫斯要開口時，智子突然說：

「我要結婚了。」

勞倫斯的笑容僵住。

車子依然穩定地前進著。

空氣中一片靜默。

如果說，那是玻璃碎掉的聲音，似乎不足以形容那種感覺，更像是摩天大樓的外牆開始龜裂，範圍迅速擴張，然後「轟」的一聲瞬間倒塌。

智子低下頭。

兩人坐在九份的一間茶館中避雨，一路上兩人有一搭沒一搭地聊著，但是尷尬的氛圍並未消失。

坐下來點好了餐點，勞倫斯深深吸了一口氣：

「恭喜你要結婚了。」

智子抬起頭，開心地說：「謝謝你。」

勞倫斯盡可能地露出了笑容，在他慢慢消化了這段情緒以後，才想到這對智子而言確實是一件好事，但是他必須要確認一件事。

「說說你的男朋友吧，他是怎麼樣的人呢？」勞倫斯僵硬的笑容慢慢軟化。

「哈哈，怎麼大家都問這個問題，怎麼說呢，他是個很誠實的人、很值得依靠的人，他看起來很年輕，但心智非常非常成熟，比我成熟多了，可以和我說笑，也可以和我討論很正經的事⋯⋯」

智子說到一半，勞倫斯站起來，快步走出了咖啡廳。

隔天，勞倫斯說自己當天有事情，就不陪智子了，當天也沒有回應智子的訊息。直到最後一天，智子放棄與他聯絡，自己搭專車到桃園機

場準備去日本，她辦完登機手續後，走到閘口。

「勞倫斯……」智子看見勞倫斯正站在登機口。

勞倫斯胸膛快速起伏著，看來是剛剛才趕到。

勞倫斯拿出一個盒子給智子。

「再跟你說一次，恭喜你。」然後露出一個傻乎乎的笑容。

智子滿臉驚訝：「哇，謝謝你！我現在打開嗎？」她看起來稍微鬆了一口氣。

勞倫斯點點頭。

智子打開小木盒，裡面是一個金色的鎖，上面刻著『情比金堅』，然後。另一面刻著智子和她未婚夫的名字。

「……這是你做的嗎？」智子低聲驚呼。

「是真金喔，我搞了一天，很厲害吧。」勞倫斯繼續傻呼呼地笑著。

智子點點頭。

依稀可以看到，勞倫斯蜷著身體，蓬頭垢面，滿頭汗水，在小桌子上雕刻的模樣，然後對自己的作品不滿意，不斷重新來過、不斷重新來過、不斷重新來過、不斷重新來過、不斷重新來過……

「我真的很為你開心，真的，在你談論你未婚夫的時候，說實話，我很嫉妒，你的表情上充滿了自豪與信任，我就知道他是一個真正好的人，我相信你們以後會過得很好的，智子，恭喜你。」勞倫斯開心地笑著。

智子低著頭。

「你想不想喝珍珠奶茶？你還有一點時間吧？我去買給你？」

智子仍然是低著頭，點了點。

勞倫斯幾乎是奔跑著到樓下的美食街，一眼望去，似乎沒有一間店有賣珍珠奶茶，於是他做了一件他平常不會做的事⋯⋯一間、一間問。

用他笨拙、結巴的表達能力。

這個感覺對勞倫斯來說既陌生、又熟悉。

他總是可以為了智子，去做一些自己不擅長的事，他總是為了智子奔跑著，然後總是為了她的笑容而忘記了自己曾經有多辛苦。

兩人拿著珍珠奶茶找了一個地方坐下來。

「不好意思，已經沒有珍珠了，所以我買了仙草奶茶，你要不要試試看。」

智子皺著眉頭，似乎有些遲疑。

「我沒有試過⋯⋯不好喝的話怎麼辦呢。」

「那⋯⋯不好喝的話我會把它喝掉的。」勞倫斯抓抓頭。

智子試了一口，然後開心地笑了：

「謝謝！好棒喔！我很喜歡！」

一股暖流傳遍勞倫斯的全身，對他而言，真的，這樣就夠了。

兩人又聊了一會天，聊到後來勞倫斯幾乎就沒說話了。

「好吧，那⋯⋯希望你一切順利，和你的女朋友一切順利、和你的家人一切順利、事業一切順利。」智子微笑著。

勞倫斯點了點頭，欲言又止，然後說：

「走吧，去登機口了。」

一路上兩人沒說話，一直走到了登機口前，在智子離開前，勞倫斯突然說：

「智子⋯⋯我等等哭的話，請不要討厭我⋯⋯」

智子似乎並不感到意外，平靜地點了點頭。

「我想告訴你，人生的事情我們很難預測⋯⋯很可能我們很快就見面了，很可能⋯⋯這是我最後一次見到你了，但是我想你記得一件事。」

「當你覺得累的時候，當你需要找個地方充電的時候，當你有麻煩的時候，當你需要幫助的時候，我都會在這裡的，一直都會。」

「也許這個故事的結局不是我所預期的，但⋯⋯你永遠都是我一個特別的朋友。」

智子沒有說話，看著鼻涕與眼淚流滿臉的勞倫斯。

「我……對你也是嗎？」

眼淚從智子的眼角中滑出，兩人各走上前一步，緊緊地抱著對方。

智子躺在病床上，握著勞倫斯的手：「你在想什麼，我始終還是不知道。」

勞倫斯虛弱地笑著：「你想什麼，我也總是不知道。」

「你想知道什麼？我告訴你。」智子的嘴唇蒼白無比，即使沒有化妝，她的臉色也顯得過於憔悴，臉上最迷人的兩道臥蠶，看起來已經變成了深深的眼袋。

勞倫斯搖搖頭。

「那我告訴你……在大學的時候，你第一次約我去吃飯時我沒去，不是因為我去做報告，而是有一個學長開飛機帶我到一個海島去玩……」

「我們在沙灘上做愛了。」

勞倫斯覺得喉嚨很乾澀，依然沒說話。

「你沒有問過我，但我知道你很在意我和馬修的事情，我們經常一起回家，然後會去他家，或是我家，我們也上過床了。」

「對於你，我總是利用你幫我寫功課、幫我跑腿、幫我練習英文……我就是這樣的一個卑鄙的人。」

智子的聲音很虛弱，但是很堅定。

「我知道自己活不久了，所以這些事情我都要告訴你，至少死的時候我不想對你有所虧欠。」

勞倫斯沒有說話，病房裡一片靜默，幾乎連點滴滴注的聲音都可以聽到。

「原來……對你而言我這麼特別。」勞倫斯突然說。

智子沒有說話，勞倫斯接著說：

「至少，我是一個一直為你付出，但是從來不要求任何回報的人，你記得那次我去你家嗎……我們之間沒有發生任何事，因為……我想要在你的心中永遠處於一個最特別的位置，而我所做的一切，我只想知道一件事……」

勞倫斯的眼淚開始迅速滑落，帶著哽咽，他勉強擠出了一句話：

「你開心嗎？」

「勞倫斯……女孩子不是這樣想的……」智子的眼淚滑過她憔悴的臉龐。

「我不在意女孩子是怎麼想的，我只在意你是怎麼想的。」

智子抽著鼻子：「你真的很傻……那次我去台灣找你，就是想讓你知道不要再等我了……你這樣下去怎麼交得到女朋友呢？」

勞倫斯破涕為笑：「你知道啦？」

智子也笑了：「就告訴你⋯⋯女孩子不是這樣想的⋯⋯」

「勞倫斯⋯⋯你說，你那麼聰明，如果你可以發明出一個讀取心智的機器，那該有多好？也許我們兩個⋯⋯我們兩個⋯⋯會有不同的結局吧？」

智子的聲音越來越弱、越來越弱。

直到病房內一片寂靜。

智子的身體化成一道霧氣，和病房一起慢慢散開，勞倫斯的頭髮開始斑白，臉上多了許多道皺紋，他站起身來，看著本來應該是病房門口的地方，而我站在那裡，拿著手帕按了按眼角。

我本來就是一個很容易受感動的人，但我沒想到勞倫斯居然有和我這麼相似的經驗，我甚至覺得櫻智子和香織說話的模樣、笑起來的模樣都十分相似，難道日本女孩子都是這樣的嗎？在看到勞倫斯幫智子買珍珠奶茶的那一幕，想起自己也無數次為了香織這樣不顧一切地奔跑，那一段簡直讓我哭到崩潰，這就是所謂同病相憐吧。

「⋯⋯那間在汐止山上的餐廳好吃嗎？」我說。

勞倫斯點點頭，「至少智子很喜歡，那天她拍了很多照。」

我點了點頭，心裡想著下次香織來的時候可以帶她去，但隨即又想到香織已經死了⋯⋯或是還沒死？

「我可以理解為什麼你要發明這個機器了⋯⋯如果我有你這麼聰明的話，或許我也會這麼做吧。」在看完勞倫斯的回憶之後，我對他已經毫無敵意了。

「你可以做得更好，」勞倫斯整理了情緒，平靜地說。「而且你還有機會。」

「香織到底在哪裡？她現在到底怎麼了？」我全身無力，用一種接近哀求的口吻說。

「香織確實已經死了，我很遺憾⋯⋯」

我全身一顫，似乎馬上就要癱倒在地。

「但是⋯⋯你的能力可以改變這件事。」勞倫斯堅定地說。

「什麼意思？」我仍然提不起力氣。

「你，可以再見到淺田香織。」

我張大了嘴，更加迷惑。

「你的能力可以重塑香織的意識，但是你自己也不知道，這個我可以幫你。」

「你……到底在說什麼？！」

「我在說的是，心靈感應能力的最高等級……死者復活！」

「你仔細感覺，是不是能感受到一個意識？」勞倫斯說。

說也奇怪，勞倫斯平時說話的時候非常駑鈍，但在他的意識裡卻又口若懸河，是因為他是一個極度聰明的人，但同時又不擅表達嗎？

「嗯……似乎有……」我雙手緊緊握在一起，我甚至能在眼前看到一個模糊的人影。

「你開始想像那個就是香織，香織習慣的穿著、她的笑容、她的行為舉止。」

我心裡似乎有個聲音讓我停下來，但是又有一股巨大的渴望再看見香織，於是我不自覺地按照勞倫斯說的去做。

果然，眼前那個模糊的身影，開始越來越清晰，那是個嬌小、留著中長髮的女孩，然後那個女孩的腳上慢慢浮現了香織平時最常穿的那雙涼鞋、腳上穿著黑色的褲子，慢慢的，身上那件雪紡紗白色洋裝越來越清晰。

「香織……香織！」我失聲叫了出來。

27 韓小夢｜巴塞羅納

「是小韻。」

我在一陣迷茫之中醒來，周圍一片黑暗，我穿著和剛才一樣的連身裙，但是那張床、周圍的擺設、甚至是腳上的傷全都不見了。

「這是我自己的夢。」

我馬上下了結論，在姊姊多年的訓練之下，即便我無法做到「入夢」，但仍然可以分辨自己是不是身處於夢境之中，又或者是別人進到了自己夢裡來。

但這個感覺似乎有些奇怪，我似乎聽到了李韻的聲音？

我嘗試回想剛才發生的事情，只記得我按照那個外國人說的，模仿香織的腦波吸引李韻過來之後就失去了意識。

我下意識地拉了拉自己的衣服：「這群變態！動不動就把女孩子迷昏到底是什麼居心。」

我既緊張又害怕，不敢想像在昏迷的時候發生了什麼事情。

我嘗試要搜尋附近的腦波，但又想起自己的能力無法在夢中使用。一般來說，能夠做到「入夢」的能力者，除了可以在夢裡保有自己的心靈感應能力之外，還可以操控夢裡的物理現象，也就是所謂的「念力」，但我最多就能分辨夢境而已。

這時，李韻的聲音又再次在空中響起。

我開心了下，但隨即心冷了一截，那個聲音正在叫著「香織」。

「連在我夢裡你都還是想著香織！」我悶得不得了。

突然我全身一陣劇痛，眼前浮現了好多個香織的身影，不只是香織的身影，而是香織和李韻說話、相處的畫面，比起我在李韻意識裡面看過的還要多很多！

一股戰慄傳來，我想起勞倫斯所說的那個測試，李韻可以用香織的意識來取代我的意識，自此之後世界上就再也沒有韓小夢這個人，我將會煙消雲散！

「難道……李韻真的要為了香織而把我抹滅掉？」

一想到這裡，原先的恐懼感轉為一種絕望感，或許「萬念俱灰」就是這個意思吧。我好像失去力氣一樣，頹然坐倒在地，劇烈的疼痛已經讓我無法思考，眼前完全被香織的身影所填滿，我想起李韻描述過香織的笑容，不自覺地學起香織瞇起眼睛笑，這個是代表……假笑是嗎？

我迷迷糊糊地想著李韻說過的話，還有和李韻相處過的日子，自己雖然沒認識這個男人多少時間，卻和他經歷了這麼多事情，到底為什麼當初要答應他一起去旅行呢？其實現在想起來這根本是一個魯莽至極的決定，如果被姊姊知道了不知道會怎麼罵我。

不過，我始終相信著李韻，在我第一次讀這個傢伙的心的時候，就知道他是一個善良的人，我看過很多人的內心，有的人的內心很平淡，

沒什麼情緒起伏，有的人的內心很封閉，要費很大的力氣才能多看到一點，有的人內心很邪惡，總是在想著要怎麼害人，而李韻的內心，雖然很複雜，但那是一個一接觸到就能帶給人溫暖的心智，這或許是我為什麼願意和李韻一起旅行吧，或許我就是眷戀他帶給人的溫暖，想和他多相處一會。

從小，姊姊就告訴我人心有多險惡，要我不要光相信自己所看到的，即便是用心靈感應能力所看到的事情也是一樣。

「內心是會騙人的，因為許多人甚至不知道自己相信什麼。」

姊姊是這麼說的，但是這次，我想要證明看看，世界上也是有誠摯的心靈，隨著一次又一次讀取李韻的心智，我越來越確信自己是對的，這個人複雜、溫暖，而且感情澎湃，他心裡的世界就好像溫泉那樣，把人包覆在一個舒服、放鬆的環境裡，而他對香織的情感，更是愚蠢到一種不求回報的境界，如果有人能像他這樣愛我該有多幸福？我不止一次這樣想著。

我也真是傻，居然答應引誘李韻過來，本來就應該知道李韻一定會選擇香織的，這才是李韻啊！如果李韻陷入了危機怎麼辦？

不過現在我已經無法去管這些事情了，只是我心中仍有一絲遺憾，還沒幫李韻找到那個「提示物」呢。

「不行……我得幫他……」

我掙扎著從地上爬起，似乎身上的痛楚正在減輕。

「是因為……我的意識已經消失了嗎？」

我覺得自己虛弱無比，雖然已經沒有剛才的劇痛感了，但是整個人昏

昏沉沉的，眼皮好重，好像又躺回了剛才的床上，我聽到了李韻正在
和另一個男人對話。

28　勞倫斯｜巴塞隆納

「為什麼停下來？」我面無表情地說。

「這不是真的，我勸你也不要想了。」李韻淡淡地回答。

「難道你不想再見到淺田香織？」

「那個意識不是香織，也不會變成香織，只有可能變成我想像出來的香織。你知道嗎？剛才我正在回想香織的長相、個性、行為舉止，我發現我永遠無法這麼了解她，我也從來沒有真正了解過她，但我喜歡的就是那個我始終嘗試在理解的香織。」

「好吧。」

我朝李韻的身後做了一個手勢。

「碰。」

我冷冷地看著李韻癱倒在地，他背上插著一管麻醉針，後面站著兩個全副武裝的黑衣人。

「愚蠢的傢伙。」

我看了一眼李韻，然後跨過他的身體，打開客廳桌上的一個公事包，公事包裡面鑲著十幾個MC系列的產品，然後拿起一個金色外殼的機器，MC 10，又看了一眼公事包旁邊一個不起眼的黑色箱子，對兩名

黑衣人緩緩說：

「確保腦波記錄器能夠正常運轉……還有他們兩個人都保持著沉睡的狀態。」

接著，我戴上MC 10。

「要怪就怪韓夢兒吧，有這個機器也是拜她所賜，第二階段的心靈感應能力……」

我冷笑著：「準備好做個好夢了嗎。」

29 作者｜巴塞隆納

韓夢兒與艾瑞克並肩走出了咖啡館，艾瑞克攙扶著昏迷中的清水。

艾瑞克覺得喉嚨乾澀，不知道該說些什麼。

他幾乎忘記了自己上一次流眼淚是什麼時候了，而在幾分鐘以前，他大概把此生能夠流的眼淚都流光了。

「承認，與接納自己的過去，人們才能往前走。」

剛才三人的對峙中，艾瑞克不斷傳送負面回憶給韓夢兒的同時，也是向韓夢兒暴露了自己大量的弱點與內心世界，韓夢兒假意防守，但實際上是引出了艾瑞克內心更深處的想法與回憶，包括他的童年、家庭、愛情與親情。

「我們無法改變過去，正因為這些過去而成就了獨一無二的自己，重要的是，現在起我們該怎麼守護未來。」

艾瑞克想起他的兒子，他不能讓自己的兒子有一個不光彩的父親。

在攻破了艾瑞克的內心世界後，解決清水對韓夢兒來說只是幾秒鐘之內的事，這次，她把清水的記憶消除得一乾二淨，現在的清水就跟一

個剛出生的嬰兒沒兩樣，除了仍保有最基本的生理功能外，其他東西都是一片空白。

「對李韻和香織來說，這算是一種復仇嗎？」

韓夢兒曾經閃過這個念頭。

隨即又覺得這個想法幼稚已極，或許對某些人而言一命償一命再基本不過，但所謂的普世價值觀不一定能套用到每個人身上，自己如此精通心靈感應能力，看過大量的內心的世界，一開始，她喜歡尋找一個既定的模式，去判定一個人的個性，但是在看多了以後，她才發現根本不存在這種既定的模式，每個人都是獨一無二的個體，李韻也是，在很多方面來說他都是一個很普通的男人，但至少在香織的事情上，他從來沒有把「復仇」當作他行動考量的一部分，沒有一件事情比香織來得重要。

她說服了艾瑞克向政府自首，並向政府暴露出清水的組織為了研發這台機器所做出的不法勾當，而夢兒知道以艾瑞克的人脈與能力，這件事情已經不需要她操心了，至少在短時間之內自己和小夢可以過一段平靜的生活。

「但是還有件事情要告訴你……」艾瑞克說。

「除了我剛才告訴你的那些事情之外，你現在要去找的那個勞倫斯，他……非、常、的危險。」艾瑞克慎重其事地說。

「你說過他曾經記錄過我使用『入夢』能力的腦波，但是我只要不睡著就行了不是嗎？就算我睡著了，他的能力也不可能強過我。」韓夢

兒有些疑惑。

「跟他的機器無關⋯⋯」艾瑞克倒抽了一口氣，彷彿正在回想很可怕的事情。

「是他的潛意識。」

那是一個陽台，陽台上擺了一張小圓桌，圓桌旁邊有三張椅子。

巴塞隆納頂樓的或是接近頂樓的房子幾乎都有這樣陽台，足夠寬敞到可以坐得下三、四個人或是更多，好讓人們可以經常坐在戶外喝酒、曬太陽。

李韻手上拿了一杯氣泡酒，試圖回想自己為什麼會坐在這裡，然後他看見了身旁坐了一個戴著墨鏡的女孩子，也拿著一個酒杯，一手撐著下巴看著天空。

女孩轉過頭來，對著李韻微笑：

「好美喔。」

「香織？」李韻心想。

女孩的英文帶著一點日本口音，李韻差點就要把她當成是香織了。不過仔細一看，對方的臉比較尖，香織的臉型更為圓潤，而且對方似乎也比香織更年輕一點。

「果然不是香織，但是這個人我好像也在哪裡見過似的。」李韻怎麼

想就是想不起來。

女孩見李韻沒有反應，逕自喝了一口手中的酒。

「香檳和Cava有什麼不一樣呀？」女孩問。

即便知道自己現在不是在和香織說話，但對方的口音、語氣還有說話的內容，都與香織極為相似，香織也經常拋類似的問題給自己，答案很明確，但不一定是每個人都知道，李韻覺得這樣就好像排球中的「做球給對手殺」，只要自己答得上來，瞬間就能提高自己的形象，不過後來李韻才發現其實多數的答案香織都是知道的，只是裝作自己不知道，因此幾次自己隨便亂說都被她識破，當下尷尬無比。

「兩者都是氣泡酒，但法國產的是香檳，西班牙產的是Cava，香檳這個名字在法國是有註冊專利的，不是任何地方產的酒都能叫香檳的。」李韻不假思索地說，這個問題他已經被香織問過了。

「喔～」女孩恍然大悟似地點點頭，又喝了一口。

李韻全身上下傳來了一陣酥麻感，至此，李韻對眼前的女孩已經完全沒有敵意了，她實在與香織太相似了。

「所以，你也是被勞倫斯關進來的嗎？」

聽到這句話李韻像是被電到一樣，突然間他清楚自己為什麼在這裡了，自己本來在勞倫斯的意識裡面，但勞倫斯不知道用了什麼方法，把自己的意識「傳送」到了另一個地方，但無論是在哪這種感覺肯定不是現實世界，如果是這樣的話，這個女孩子……

「你是櫻智子對吧！」

女孩拿下墨鏡，雙眼非常明亮，眼睛下緣有兩道明顯的臥蠶，使她的眼睛好像隨時都充滿了笑意。

「你怎麼知道我是誰？」智子笑著問。

「勞倫斯和我說過你的事情，所以，我們現在還是在勞倫斯的意識裡面是嗎？」李韻覺得腦袋越來越清楚。

「是也不是，我們現在是在勞倫斯和你的夢境當中，他大概是用了什麼方法把你們的夢境連結起來了，他這幾年都在研究『心靈感應』這回事，唉，都怪我跟他說『要是兩人心靈相通就好了』這種話，他現在簡直快瘋狂了……」智子神色黯淡了起來。

「那為什麼你也在這裡呢？」李韻覺得直接說她死了實在太魯莽。

「如果你聽勞倫斯說過的事，那你應該知道我已經死了，不過勞倫斯對我的……思念……讓『這個我』」智子指了指自己，「一直被囚禁在他的意識裡面。」

李韻覺得自己似懂非懂。

「他……為什麼要囚禁你呢？」

智子苦笑著搖了搖頭。

「你呢，你是怎麼被勞倫斯拉進這個夢境裡的呢？」智子微笑著，那種親切感讓人不論什麼事情都想與她傾訴。

李韻不假思索，把一路上發生的事，包括香織、韓夢兒姐妹、心靈感應的事情一股腦都說了，智子是個很好的傾聽者，在該驚訝的時候驚訝，在該讚嘆的時候讚嘆，就連每件小事對她而言都是新鮮無比，雙

眼不斷散發著崇拜的目光。

「我可以想像淺田小姐對你而言有多麼重要。」智子點了點頭。

「勞倫斯一直深愛著一個女人，後來那個女人過世了，但是勞倫斯無法放下對她的思念，最後，這個女人竟然⋯⋯竟然成為了他的第二個人格。」艾瑞克言語中透露著恐懼。

「你說這個叫勞倫斯的人精神分裂？為什麼沒有讓他接受治療呢？」韓夢兒十分詫異。

艾瑞克別過頭：「他實在太聰明了，沒有他我們不可能完成心靈感應機器的，而且，他的第二人格只有在夢境中才會出現，是不影響正常工作的。」

「那你們怎麼發現他有這個人格的？」韓夢兒問。

「那是我在看他們測試『入夢』能力時候發現的，在勞倫斯沉睡之後，那個人格會主導他原本的意識⋯⋯」艾瑞克似乎越講越害怕。

「為什麼⋯⋯你這麼害怕？」即便是人格分裂，也不至於帶給別人傷害。

「因為，『他』⋯⋯也是個心靈感應能力者！」

「什麼？！」

「我猜，是因為勞倫斯長期研究這項能力，某種程度上改變了他部分

的腦波，使得他的第二人格也獲得了這樣的能力，而且……他的第二人格是個瘋子。」艾瑞克頓了頓，看向韓夢兒。

「在那場實驗裡和他一起進入夢境的人，全部都瘋了。」艾瑞克冷汗直流。

「所以，不論如何絕對不可以入睡，否則，我想就連你也抵擋不了他的第二人格，那個……」

「叫做『櫻智子』的女人。」

「你不喜歡喝酒嗎？」櫻智子問，李韻手中的酒杯始終沒有動過。

「也不是，我很喜歡Cava，只是覺得現在這種情況不太適合喝酒。」李韻搔搔頭。

「Cava是慶祝的酒喔。」櫻智子認真地說。

「我們有要慶祝什麼嗎？」李韻甚至不知道自己要在這個陽台待多久、勞倫斯會以什麼樣的方式出現。

「慶祝你心中的那份真愛，為香織乾杯。」櫻智子甜甜地笑著。

「香織」就好像李韻的一個開關一樣，一個按下去就會讓他失去理智的開關。

他拿起酒杯，輕輕碰了一下智子的杯子，笑著用日文說：

「乾杯！」

「碰！」

那瞬間，李韻的臉頰和手好像遭受了什麼重擊，酒杯一個沒拿穩掉在地上碎了，地上同時落下了一個枕頭。

李韻倏地站起，枕頭是從室內飛過來的，李韻看向那個方向。

小夢正氣喘吁吁地站在哪裡，手半舉在空中，顯然就是她丟的枕頭。

「小夢！」

雖然臉頰被砸得隱隱作痛，身上也被酒灑得狼狽不堪，但完全不減找到小夢的驚喜。

「你還真的要用香織的意識把我取代掉呀！」小夢尖叫著，顯然非常不高興。

「什麼意思？」李韻丈二金剛摸不著頭腦。

「少裝蒜，那個勞倫斯不是告訴你，只要在我的腦海裡植入香織的意

識，香織就會用我的身體復活，你也確實這麼做了不是嗎！」小夢柳眉倒豎，簡直越說越氣。

「我……我沒有明白這是什麼意思，我剛才確實嘗試要重新建構香織的意識，可是沒有成功，而且……為什麼你說是要取代你的意識呢？」看小夢氣成這樣李韻有些緊張。

「之後再跟你算帳！你快過來！那個女人是誰？」小夢指著櫻智子。

李韻這才意識到櫻智子還站在旁邊，試圖要解釋她的身分。

「為什麼，你也會在這裡呢？」櫻智子皺著眉頭，顯得很不高興。

「這個夢的範圍不可能會把你拉進來……難道……是腦波增幅器？」櫻智子似乎有些異樣。

「你在說什麼？」李韻看著櫻智子，表情凝重了起來。

櫻智子沒有回話，蹲了下來，撿起一截落在地上的酒杯，在手中把玩了一下，然後嘆了口氣：

「韓小夢……這就是我沒有計算到的異數，好吧，這就是科學，我還能說什麼呢。」

「喂！這個女人怎麼那麼奇怪，小韻你過來一點。」小夢盯著櫻智子，防止她隨時發難。

李韻朝小夢的方向退了幾步，視線也不敢離開櫻智子。

櫻智子若有所思，過了半晌，她把那一截酒杯扔在地上，伴隨著「噹」一聲，酒杯再次碎裂，她一字一句地說：

「軟的不行，就來硬的。」

說時遲那時快，櫻智子舉起了右手，一股強勁的風襲向小夢和李韻，兩人隨著破碎的落地窗一起被吹入室內。

「她是擁有『入夢』的能力者！能夠控制夢的物理現象！」小夢尖叫著。

「所以我們是在夢裡？誰的夢？」李韻勉強地大喊。

「已、經、不、重、要、了！」小夢大喊。

伴隨那股風壓，櫻智子一步一步走向前，隨著她越來越接近，風壓就越來越強大，不僅僅從前方來，而是從前、後、上、左、右各方向同時襲來，李韻和小夢雙膝一軟，被壓倒在地。

「那……那你不是也可以嗎？你也可以用『入夢』的能力？」李韻說。

「沒辦法……她的能力比我強多了……但是……說不定你可以呀！」

聽小夢這麼一說，李韻才想起自己搞不好也有這樣的能力。

「該怎麼做？」李韻問。

「『控制夢境』就和『入夢』是一樣的道理……我雖然只會一點點……但是姊姊教過我原理，你仔細聽喔！」

「入夢」和「讀心」的區別就在於意識的深度，夢境是深層意識的世界，也是一個人最真實的存在，只有深層意識能夠互相溝通，而當理解了意識的模式，那在你眼前的世界，不過也就是一些腦波訊號，而心靈感應能力者最擅長的，正是解讀與控制腦波訊號！

李韻感到身上的壓力逐漸變小，慢慢地能夠站起身來，櫻智子的神色從自信慢慢轉為害怕，然後逐步後退。

「這個傢伙身上居然擁有可以和黑寡婦匹敵的力量……但是……」

櫻智子想起李韻告訴過自己的故事，他力量啟發的那一刻。

「你的力量存在一個致命的缺陷。」

櫻智子走到李韻的身邊，把雙手放到他的頭上。

「小韻！你小心！她在夢境中還是保有心靈感應能力的！」

「什麼？」李韻嘗試不讓櫻智子碰到自己，但光是抵抗風壓就已經耗盡他的力氣。

櫻智子「咯咯」地笑著：「她是說要小心我的心靈感應能力……比方說……消除記憶。」

櫻智子的雙手輕輕點了一下李韻的頭，李韻愣了一下，然後一陣無力感迅速傳遍他全身，倒了下來。

「小韻！」小夢叫了出來。

「發生什麼事了……？我覺得自己的力氣慢慢消失不見……」

櫻智子加大了力量，李韻整個人癱倒在地，櫻智子冷笑著，跨過李韻。

「你感覺到了嗎？你能力的啟發來自於『香織』，所以，只要『香織』消失了，你的能力也會隨之消失的。」

「什麼意思？！」小夢問。

李韻迷茫地看著自己的雙手，然後緩慢地說：

「『香織』……是什麼？」

30　李韻｜巴塞隆納

我一手撐著傘，一手提著一個便當袋和一個公事包，走在街道Pearson的上坡路上，Pearson是巴塞隆納的高級住宅區，街道兩旁都是別墅，平常路上少見人影，十分寧靜。這條去學校的路我已經走了無數遍了。

巴塞隆納並不常下雨，但下起雨來就很麻煩，不像台北到處有騎樓，巴塞的雨總是讓人無可退避，而陰鬱的天空，也帶來陰鬱的心情。

「奇怪了，我老是記得今天約了人在學校的。」

我一路上不斷地想著這件事情，但是就是想不起來。

巴塞的午餐時間大約是從下午兩點開始，我今天下午三點半有一堂課要去上，但老是覺得自己今天在學校了約了某個人做某件事，因此雖然才一點而已我就已經到了學校，但是卻記不得是約了誰、約了要做什麼，令我的心情鬱悶無比。

我走進了校門口，學校並不大，設計簡約，由七棟不到五層樓高的建築所組成，走兩分鐘就能到達教室和餐廳所在區域，我先走進了餐廳外面的吧台區域，雖然我帶了便當，但是整個早上我忙著做菜沒時間吃早餐，早已經飢腸轆轆，我點了一個Magdalena和cafe con leche，也就是西班牙的杯子蛋糕以及咖啡加牛奶，這是西班牙常見的早餐。

我邊吃著早餐，邊想著自己到底約了誰、約在哪，這種感覺實在很令人不舒服，我的記性居然差到這種程度了，可能過一陣子要去做個檢查。

「這麼年輕也會得阿茲海默症嗎？」我不安地想著。

我吃完蛋糕、喝完咖啡後，依然沒有任何想法，於是我打算去交誼廳碰碰運氣。

今天學校沒什麼課，交誼廳裡頭只坐了四桌的人，一桌大概五到六個人，其中兩桌的人在開會，另外兩桌的人看起來是在閒聊。這些人裡面，我只認識一個叫Temidayo的奈及利亞黑人，是個光頭，他是我的同班同學，和我交情很好。

「嘿，Temi！」

Temidayo本來在跟隔壁一個白人聊天，看到我走過來開心地跟我打招呼：「嗨！韻！過得怎麼樣？」

「很好……對了，我們今天是不是有約？我不太確定，是要開會嗎？」我皺著眉頭。

Temidayo聳聳肩：「應該不是我。」

「好吧……」我再次陷入苦惱。

「我看到有個會議室上面登記了你的名字，你要不要去看看？」Temidayo說。

「是嗎？是在哪裡？」我急切地問，就好像抓到了一根救命稻草，即便這位老兄並不能被稱為是一個可靠的人。

「我不太確定，應該是在樓上。」Temidayo手指了指同一大樓的樓上。

「謝啦！我去看看！」我快步地走開。

我走上樓後，開始一間會議室、一間會議室地找，今天很反常的，會議室裡都沒有人，不像平常一室難求，還需要提前預約才能有會議室可用。那棟大樓有四層樓高，一層樓大約有七間會議室，我把每一間會議室都看過了，卻仍然沒有想起自己約了誰。

「有可能是開會嗎？還是單純的聊聊天？或是約了一起吃飯？」我看了看手中的便當袋，袋子裡面有三個便當盒，兩個盒子裝飯，一個盒子裝菜，所以自己是要和別人一起吃便當嗎？

「不管是什麼是，一定是很重要的事，不然不會這麼令人難受。」我下定決心，就算把全校五十幾間會議室都找遍了，也一定要遵守這個約定。

31　韓小夢｜巴塞羅納

我剩下最後一點力氣。

那個女人站在我的面前，俯視著我。

「你怎麼能夠忘了香織呢……她還在等你……等你找到『提示物』。」

「結束了，小妹妹。」她朝著我一步一步走來。

她抓起我的脖子，手掌逐漸用力，我嘴巴微張，試圖要說話。

「你要說什麼？」那個女人戲謔地湊近我的唇邊。

「……不能放棄的事

不能逃跑的事

堅持相信的事

快要失敗的時候

那些就是最重要的事……」

她忍不住笑出聲來，跟著我一塊用日文唱：

「不能認輸的事

不能放棄的事

不能逃跑的事……」

「是『最重要的事』啊，你該學學，該放棄的時候就要放棄呢。」

她握緊手掌。

32 李韻｜巴塞隆納

這是最後一間會議室了。

「便當都冷了吧。」我心想。

如果這裡再沒有人就放棄吧，便當袋其實很重，我的手臂已經痠痛不堪了，肚子也已經餓扁了，但那種「忘記什麼」的彆扭感仍在心中揮之不去。

「出現什麼都好。」我心裡這麼想著。

我推開門。

仍然是一個空空蕩蕩的會議室，連白板也被擦得一乾二淨。

我嘆了口氣，隨便拉了張椅子坐下來，拿出便當盒，一共有三個便當盒，兩個是裝白飯，一個裡面裝的是我的拿手菜三杯雞。

「到底為什麼我要帶這麼多白飯呢？」我邊想邊擦拭餐具，雖然吃的是中餐，但我準備的是兩雙叉子。

保鮮盒上還留有飯菜的餘溫，我想起這是今天早上才做的，昨天晚上買好了食材，今天六點就起來做飯，難怪身上好像還有點油煙味。保鮮盒上面還有水珠，我撥開了四邊的樂扣，淡淡的白米飯香從盒子裡溢出來，我用叉子插了一口飯，看著那口飯良久。

「好吧，我盡力了，你真的不來的話，我就自己吃了。」

我準備把飯往口中送。

門打開了。

一個嬌小的女孩子走了進來。

……

好吧，她的樣貌讓我有種熟悉感，我猜她是我的同學，但完全不記得她的名字、還有我們在什麼場景認識的，她和我打了個招呼，很自然地坐下，拿了其中一個便當盒和叉子開始吃。

邊吃邊用日文說：「好吃！」

我感覺如果問她到底是誰實在是很冒昧，當下不知道該如何是好。

「喔！我帶了湯。」說著，那個女孩子從她的包包裡掏出了一個紙盒。

「哎呀，忘了拿熱水進來。」說著，那個女孩子又從包包裡面拿出一個熱水瓶，走出會議室。

這個人也真是太可愛了。

我隨手拿起她剛才拆開來的味噌湯料理包把玩，這跟我平常看過的味噌湯料理包不太一樣，設計很簡約，上面還有幾個英文字。

一般的味噌湯包上面全都是日文，有各種字體、鮮豔的配色和圖片。

走廊上傳來輕快的腳步聲，那個女孩應該是裝好熱水回來了，還可以聽見她哼著一首曲子。

旋律好耳熟，好像是粵語歌「紅日」的日文版，「最重要的事」。

我把味噌湯包放下，準備幫她開門，畢竟她手上應該拿著熱水。

嗯，等等？

那個包裝盒上面的英文字好像有點眼熟？

我把包裝盒拿起來又看了一眼，上面的英文字，寫的是「Hofmann」。

H…O…F…M…A…N…N…

我慢慢讀了一遍，拆開每個字母又讀了一遍……

又讀了一遍……

又讀了一遍……

有個盒子在我的腦海中被打開。

原來，香袋裡的紙片並不是偶然啊。

「不服輸的事、不放棄的事……」門被推開了。

腦海中的盒子裡，飄起了一張紙片，紙片完整的圖像慢慢開始清晰。

「不逃避的事，請相信……」她捧著熱水壺，對我笑了一笑。

腦海中紙片的圖像，和眼前的包裝盒重疊起來。

我抬頭看著那個女孩。

「那在就要崩潰的時後，才是最重要的大事。」她狐疑地看著我，慢慢把一句歌詞唱完。

「我怎麼可能猜得到呢？」我對著她苦笑著。

這是我當下唯一想得到的一句話。

有段記憶，在我腦海中清晰了起來。

33　淺田香織｜東京

「小韻！！最近好嗎？希望你享受你的新工作！！

我兩個月後要去台北！！

你會有空吃個飯嗎？」

已傳送

我看了看剛剛傳送出去的訊息，嘴角掩飾不住笑意，又看了一會才把手機放回到辦公桌上。我把桌面擺得井然有序，一些常用的文具用品，以及一個正在休眠中的筆記型電腦，唯一不和諧的地方是桌上幾塊布料，還有一個針線盒，針還插在一個快要成型的香袋上。

我輕輕地喝著歌，繼續繡著香袋，當下心情非常地好。

「不能認輸的事、不能放棄的事、不能逃跑的事、堅持相信的事……」

「淺田小姐心情很好喔！」

一個身穿白襯衫、黑窄裙的女孩子突然出現在我旁邊。

我顫抖了下，沒預期到會有人走過來。

「啊，是松本小姐，不好意思。」我放下手中的香袋，站了起來，整了整衣服，盡可能保持優雅。

「最近在研究女紅嗎？」松本笑著。

我搖搖頭，有些不好意思：「是要送人的。」

松本側著頭想了一下：「送人？想不到現在還流行香袋呢，肯定是很親密的人吧。」說著松本笑了。

她本來就是很直接的女孩，平常我聽了可能會不高興，但今天心情很好，也不跟她計較。

「喔，對了，我是來告訴你，清水先生麻煩你過去三號會議室一趟。」

聽到「清水」兩個字，笑容馬上從我的臉上消失。

「好的，謝謝轉告，我馬上過去。」

我把散亂在桌上的布料整整齊齊地收拾好，重重地嘆了口氣。

- - - - - -

拖著沉重的步伐，我走出了辦公大樓，身後「土肥株式會社」的看板仍發著白光。

從天堂到地獄，或許最適合用來形容我今天的心情吧，我一直期待著去上海，但在接到公司的命令以後，已經使這次的行程完全變質，我從來不想在這樣的情況下與他再次見面。

上一次自己這樣聲嘶力竭地大喊，已經不知道是什麼時候了。

「為什麼要我做這件事。」確認艾瑞克已經離開會議室之後，我說了這句話。我背對著清水，盡可能維持平靜，手上仍握著裝著李韻資料的信封，信箱的邊緣有著明顯的指甲印，剛才被我緊緊地捏著過。

「這是工作。」清水說，聲音同樣很平靜，但清水的平靜是一種沒有任何感情的平靜。

而我的平靜往往是爆發的前夕。

我沉默了一下，然後說：「是因為我上一週跟你說的事情嗎。」

「不是，這是工作。」清水重複著一樣的話。

「如果這是工作，為什麼你要放入私人的感情。」我的聲音開始顫抖。

「如果你還記得的話，我已經沒有任何感情了。真的要說的話，你私自把『對象』的紀錄刪除，這才是放入私人的感情。」清水說。

「我不記得你有權限查看我的偵測器。」

「我有權限調查可疑的員工。」

「那也不代表你可以看我的手機、我的照片、我的訊息。」我的肩膀開始抖動。

「因為我是你的男朋友，不管你承不承認。」清水冷笑了一聲。

這句話讓我像是被電到一樣，倏地站起，轉身面向清水，清水側臉對著我，面無表情。

「你知道這三年來我到底是什麼心情嗎！」我盡力控制自己的音量，但眼眶已經紅了一圈。

「同情吧。」無法擁有感情的清水，又怎麼知道我的心情。

「在你遭遇了那件事情之後，我沒有離開你，但是你知道和一個沒有感情的人一起生活是什麼樣的感覺嗎？我為什麼要出國唸書？我甚至希望在我回來以後我們的關係能夠改善，我給了你我的諾言，一直到我們再次相見為止，但是後來我才發現，黑寡婦不是奪走你的情感，她是奪走了你的愛！你的心中只留下恨！這是為什麼我終於再也受不了了！」我越說越大聲，眼淚隨之流下。

「所以你選擇了李韻是嗎。」清水說。

「這不關你的事。至少他的心中有愛。」

「我明白了，我不介意。祝福你……如果他能活下去的話。」清水冷笑了一聲。

「你打算殺了他……？」我倒抽一口涼氣。

「這個……」清水轉過頭看我，「要看你怎麼配合我的計劃了。」

我朝著地鐵方向走，就在快到大手町地鐵站的地面出口時，我停了下來，轉身走進一個巷子裡，我現在已經非常的疲倦，但卻又不想回家，我一直走著，經過了三條巷子，然後在第四條巷子的轉角停了下

來，走進路邊的一間居酒屋，那間居酒屋頗不起眼，招牌看起來很新，大概新開不久吧，看起來就和一般日本街頭會出現的居酒屋沒什麼兩樣。

我撥開簾子，居酒屋很小，裡面沒有任何客人，只有一個還在收拾東西的老闆娘。

「晚安，打擾了。」我說。

「歡迎光臨。」老闆娘停下手邊的工作對我微笑。

「不好意思在您關門前才過來，今天很晚下班，現在還營業嗎？」我說。

「沒關係，您坐下來吧。」老闆娘說。「要吃點什麼呢？」

我環顧了四周，看了看牆壁上的菜單，然後小心翼翼地說：

「我聽同事說，這裡有做台灣菜是嗎？」

老闆娘有些不好意思：「最近剛開始試做，但是選擇不是很多。」

我用力點了點頭：「沒關係的，不好意思這麼晚還來麻煩您，有菜單嗎？」

老闆戳著自己的下巴，想了一下：「不好意思，沒有菜單，但是你可以跟我說你想吃什麼，或是我把我可以做的菜色告訴你。」

「有咕咾肉嗎？」我想了一下之後問。

「咕咾肉不是台灣菜，不好意思！」老闆娘頻頻欠身。「有滷肉飯、紅燒牛肉、三杯雞……」

「這樣啊⋯⋯那可以給我一份滷肉飯嗎？」

「好的，稍等一下。」

過了一會兒，老闆娘端著一碗飯出來：

「不好意思久等了。」

一碗白飯上面撲滿了深咖啡色的滷肉，香氣逼人。

「我開動了。」我打開免洗筷，夾了一小口，然後接著第二口，我吃飯的速度並不是很快，但並沒有間斷，不一會兒就吃完了。

「好懷念的味道啊。」我心想。

「味道還可以嗎？」老闆娘問。

「非常好，謝謝。請問⋯⋯為什麼會在這裡賣台灣菜呢？」

「喔，我是台灣人，嫁到日本來。」老闆娘說。

「哇！你的日文非常好呢！我有一個很好的台灣朋友。」我想起李韻。

「是嗎？有來過台灣嗎？」老闆娘微笑。

「一直想去但是沒機會。」我說。

「台灣很棒，有機會一定要去。」老闆娘點了點頭。

「所以當初就是打算來日本開餐廳的嗎？」我問。

「喔，不是，一開始我在一間小公司上班，那時候我的丈夫希望我可

以幫他準備便當，我以前完全不會做菜，所以就跟我媽媽要了一些食譜，都是台灣菜。」老闆娘微笑，感覺得出來她經歷過一段辛苦的日子。

「不好意思，日本男人就是這樣。」我笑著說。

「您有對象了嗎？」老闆娘突然問。

我搖搖頭：「前陣子分手了。」

老闆娘呆了一呆：「不好意思，本來想說……」她欲言又止，也不知道該說什麼話才好。

我搖搖頭：「沒事了，結束也好。」

老闆娘可能是看氣氛尷尬，繼續和我聊著她開餐廳的故事，邊聊我邊吃，又點了好多菜，全都是李韻做給我吃過的。

最後，她端來了一碗味噌湯。

「這是招待的喔。」

不知道是不是吃飽的關係，我覺得很累了，沒說話，笑著點點頭。

「你知道，我老公在求婚的時候對我說什麼嗎？」老闆娘突然羞澀地說。

「我想喝你做的味噌湯？」我猜測。

「哇！這是所有日本人都知道嗎？我當下沒聽懂，後來才知道這在日本是很老派的求婚說法，因為味噌湯是很普通的家常菜，但是每個女人都會有不同的做法，所以喝對方做的味噌湯是很親密的事呢。」老

闆娘越說越起勁。

「味噌湯啊，好像也挺好的呢。」我拿出縫好的香袋，落寞地笑了。

34 淺田香織｜上海

「你這個傻瓜，趕快跑啊！」我在心裡大聲吶喊著。

但是李韻就像個木頭一樣，失魂落魄，動也不動，快把老娘給氣死了。

我用盡全力想出我能傷害他的所有話，但是最後只能擠出一句：「他一點用都沒有。」

終於李韻像個殭屍一樣，準備要離開。

「用跑的、用跑的、用跑的！」我在心中繼續吶喊著。

下一秒，我最害怕的事情發生了。

我用餘光看見清水舉起了手。

上帝連思考的時間都不給我。

我回過神來的時候，看見李韻模糊的臉龐，還有依稀感受到他的體溫，他的體溫比我記憶中還要溫暖好多。

好吧，至少我預料到了這一種可能性了。

我看著李韻，很想跟他說說話，剛才我說了這麼多惡劣的話，他一定很難受，事實上，我一直都是如此，但從未好好跟他道歉。

剛才在車裡面，當清水啟動那個機器的時候，我才終於確認了，李韻是個心靈感應能力者，至少在我看過的實驗裡，普通人對那個機器是不會有任何反應的。

其實我還有點高興。

「還好是你啊。」我這麼想著。

你是一個溫暖的人，有這樣子的能力，應該可以幫助到更多人吧，好希望可以看看你對我使用心靈感應能力的樣子，這樣，我會比較好猜透嗎？

還有，我想告訴李韻香袋的意義。

但是剎那間好多回憶湧現出來讓我分了心，既然你的能力已經被啟動了，那麼你應該聽得到我的聲音吧？即使我不說。

在聖托里尼其實還是挺開心的，除了費拉真的很熱、你很愚笨之外。那個夕陽好美，美到我快產生戀愛的錯覺，但我還是得告訴你，我沒有辦法成為你的戀人。

可惜沒辦法再跟你去一次聖托里尼了。

到了聖保羅，我覺得自己得清楚告訴你我的想法了，我太自私了，明知道這是行不通的，卻還是想擁有你的溫柔。偏偏當我下定決心的時候，你又瓦解了我的決心，你一定猜不到，我們住在一起的那個早晨我到底在想什麼。

那我告訴你，我也不知道。

杜布羅夫尼克很美，如果我可以坦率地告訴你自己的想法，我們好好當朋友，或許我可以花多點時間享受古城牆的靜謐。

但結果還是一樣，我只能在我心裡默默地用我自己認為的方式拒絕你。

我以為回到巴塞隆納，這一切就能結束了。

旅行的風景與回憶雖然美好，但真正美好的，是我們日常生活中累積的點滴。

你冒著大雨，來學校接我。

你記住我喜歡吃的點心，跑了好幾公里去買。

你做的飯菜真的不能說是好吃，但還是會讓我心疼你的黑眼圈。

儘管如此，我還是不想做飯，呵呵。

你還記得我跟你說過味噌湯的涵意嗎？

在日本，男孩子要求婚的時候，會說：「我想喝你做的味噌湯。」

本來，我應該看著你打開香袋，拿出味噌湯的包裝盒。

好吧，只有一個小角。

然後告訴你：

「我不下廚，也不想做味噌湯給你喝。」

我甚至可以想像到你臉上的疑惑表情，可能還有點緊張，然後我會頑皮地一笑。

「所以，你做。」

每天嗎？

嗯，每天。

就是這個意思。

你會怎麼反應呢？

喔，對了，其實你應該還記得吧？這個味噌湯就是有次中午我們一塊在學校吃飯時我泡給你喝的味噌湯，是我當時很喜歡的一個年輕品牌，叫Hofmann，就和我們第一次去吃飯的餐廳一樣的名字，在超市裡我一眼看到這個牌子，就知道它對我來說將會意義非凡。

說了這麼多，你都聽懂了嗎？

唉，呆子，別光看著我啊。

記得打開香袋好嗎？

有沒有聽懂啊？

對不起，小韻……

我是真的沒力氣說話了。

但是我對你有信心。

再握著我的手好嗎？

就像在聖托里尼時的那樣。

嗯？你還真的握了，你都聽到了？

太好了……

太好了……

太好了……

「小韻……我想……你懂的。」

35　李韻｜巴塞隆納

我還想再多和香織說幾句話。

但是當我回過神時，我已經回到了那個有著陽台的房間裡。

櫻智子正掐著小夢的脖子，小夢看起來已經是奄奄一息。

「我怎麼可能猜得到啊⋯⋯」我又重複說了一次這句話。

這個考題真的是出得太難了啊香織。

櫻智子似乎還沒發現我已經醒了過來。

「智子不會希望自己以這樣的形式存在於勞倫斯的記憶中的。」我喃喃自語著。

⋯⋯「入夢」和「讀心」的區別就在於意識的深度⋯⋯而心靈感應能力者最擅長的，正是解讀與控制腦波訊號⋯⋯

我又默唸了一遍小夢告訴我的話。

雙手互握！

櫻智子猛然回頭，但已經來不及了。

我身後的牆壁開始龜裂，龜裂的中心是一個小小的黑洞，我越來越用力，手指的關節也「喀喀」作響。

牆壁上的黑洞越來越大，黑洞中就像有吸力一樣，一些灰塵及牆上的碎屑快速地飛入黑洞中，牆上的龜裂也逐漸擴張，直到窗戶、天花板也都裂了開來。

「你做了什麼！」櫻智子鬆開手，驚恐地看著我，黑洞裡的吸力應該足夠強大到把她也吸進去。

小夢跌坐在地，不停地喘著氣，一手抓住沙發，免得自己也被吸走。

「這是你給我的啟發，我要把你從勞倫斯的意識中完全抹除！」我全身的衣服也因為身後的越來越強大的吸力膨起，連站穩都有些困難。

「你這個笨蛋！這是在引火自焚，你根本控制不了這麼強大的力量！連你自己也會消失！」

我身後的牆壁、窗戶已經完全消失，成為一個巨大的黑洞。

「小韻！」小夢在呼呼作響的風聲中大吼著。

「小夢，你鬆開手我會接住你的！」

「嗯！」小夢沒有半點遲疑，鬆開了抓緊沙發的手，小夢的身體本來就輕，馬上往黑洞和我的方向飛來，我移動自己的身體接住了小夢，把她夾緊在自己的雙臂之中，同時兩個手掌仍緊緊握在一起。

「就算消失了，我也能夠把她找回來，因為這一切都是真實發生的，但是現在的你是真實的嗎？」

我用力瞪著櫻智子，櫻智子低下頭，神色越來越驚恐，突然她抬起頭來，大叫著：

「那就試試看！要消失也拉你們兩個小鬼墊背！」

櫻智子跳了起來，往我和小夢的方向飛來，我們三個人立刻撞在一塊，我再也支持不住，抱著另外兩人一起往黑洞的方向飛去，我勉強

用腳尖勾著地板。

「可惡，必須要把黑洞關起來。」我努力集中注意力，但就像櫻智子所說的，這個能力已經不是我可以控制的。

吸力越來越強，小夢和櫻智子一人一邊用力抓著我的手臂，袖子已經被抓破了，但眼看小夢就要抓不住了。地板也開始龜裂，整個房間盡數化為黑洞，我們三人再也支撐不住，吸力轉化成一股強大的下墜感，我已經感覺不到自己的手臂了，只覺自己不斷地往下掉。

「砰！」

不知道摔在了什麼東西上面，只覺那個東西必定堅硬無比，我感到全身劇痛。

一隻白皙的手臂抓著我的袖子，一張美麗絕倫的臉龐在眼前若隱若現，我的視線慢慢清晰起來，我才發現自己跌倒在地板上。

而眼前的女子居然是韓夢兒！

夢兒的另一隻手抓著小夢，小夢也同樣跌坐在地板上，失去意識。

我們依然在香織的房間裡，我喘著氣，環顧四周，除了勞倫斯趴在地上之外，還有四到五名全副武裝的黑衣人也趴在地上，我在進來之前就隱約察覺到屋內還有其他人，只是沒想到會有這麼多。

腦袋中有無數個問題想問，一團混亂，不曉得該先問哪一個。

韓夢兒卻先開口了。

「我已經沒力氣幫你理清思緒了，簡單地說，首先，你和小夢都沒事，我在最後關頭把你的『消除記憶』解除了，但是那個叫勞倫斯的人就沒這麼幸運了，他估計要在精神病院待完下輩子了。另外，這個屋子裡面的其他人都是我弄昏的，這個把我最後的一點力氣給用完了，不過不用擔心，艾瑞克那邊的事情我已經解決了，他會替我們善後的。」

韓夢兒說得又輕又快，和她心靈感應能力一樣容易理解。

我點了點頭：「不好意思剛才我先離開了……」

韓夢兒搖了搖頭。

「倒是你為什麼會用『消除記憶』這麼危險的能力，你和小夢差一點就要被這個能力給反噬了。」夢兒皺起了眉頭。

我深吸了一口氣：「這裡不宜久留，等出去再和你解釋吧。」

我背起小夢走出門口，盡量不要碰到她的傷口，在離開以前又看了這個房間一眼，這次離開以後就真的再也不會來了，心中不免有點傷感。

這時已經是早上六點了，三人都折騰了一夜，疲憊不堪。我拖著沉重的步伐走出門口，看著門外，愣了愣，然後露出一個燦爛的笑容。

雨早就停了，戶外晴空萬里，天空藍得不可思議。

「夢兒，這就是我告訴你的，巴塞隆納的藍天！在這個藍天底下什麼
問題都可以被解決的。」我非常開心。

夢兒也抬頭看著藍天，微笑著：「嗯，真的很美呀。」

我們就這樣看著藍天，靜默不語，這是一種難得的「大戰後的寧
靜」，說什麼都要好好享受一下。

- - - - - -

「我們找個酒店休息一下？」過了一會，夢兒說。

「這個時間要辦入住可能有點麻煩……」

「或是我可以讓他們……」夢兒欲言又止。

我猜韓夢兒想用心靈控制的能力強迫接待人員辦理入住，但是她也歷
經了兩場惡戰，現在應該已經沒有半點力氣再使用能力了，我也差不
多。

我們現在確實非常需要找個安全的地方好好休息一下，特別是小夢，
頓時我不知道該怎麼辦。

「沒事，我們去找間酒店吧。」韓夢兒說。

「別勉強自己了，跟我來吧。」我突然有個想法。

「什麼意思？」夢兒問。

「怎麼說我在這裡也住了兩年，書是沒念多少，朋友倒是有幾個。」
我咧著嘴笑。

「這個巷子進去就是以前我住的地方了，現在是我其他幾個同學住這
裡。」我背著小夢，和夢兒大概走了十五分鐘，轉進了一個小巷子，
然後在一棟公寓門口停了下來，按了門鈴，公寓的門應聲而開。

我走了進去，一樓右手邊第一間的門已經打開了，我正要推開門，門
的後面有人把門拉開了，是一個身材高大，長相敦厚老實的男子，他
看到我開心地笑了：

「欸！李韻！好久不見！」

我們伸手互相握著。因為還背著小夢，我的動作顯得有些狼狽，夢兒
示意把小夢交給她，我則微笑搖搖頭，小夢仍是在沉睡之中。

開門的男子身後還站了兩個人，另一個身材更為高大，五官深邃，還
有一個人較為矮小，戴了一副黑眶眼鏡，笑起來有些狡黠之氣。

「好久不見啊！」我咧開了嘴，非常開心，一一和另外兩人擊掌。

「這是之前我在巴塞唸書時的台灣同學，長得又高又帥那個是克里
斯，看起來很奸詐那個是謝胖，剛才開門這個是國展。」我一一介
紹。「這位是韓夢兒和她妹妹韓小夢，她們和我一起來巴塞玩。」我
看向韓夢兒。

韓夢兒也微笑向另外兩人點了點頭。

「先進來吧！」克里斯說。

夢兒把鞋子脫在門口，然後也替小夢脫下了鞋子，再從我的背上抱起小夢，隨著克里斯和謝胖沿著一條走廊走去客廳。卸下小夢的我伸展了下筋骨，自己也奔波了兩天，又背著小夢走了一段路，現在已是疲憊不堪，我脫下鞋子，國展正在關門。

「靠！正耶！還兩個！」國展小聲說，拍了我一下。

我尷尬地笑了笑：「不是啦，真的只是朋友，等一下跟你們說。」

我隨著國展走入客廳。

離開玄關之後是一條長廊，長廊的右手邊是以紅磚砌成的牆，左手邊則是臥室與浴室，這間房子總共有三間臥室、三間浴室。穿過長廊之後是一個簡單的客廳，這棟房子屬於長條形的，玄關、長廊、客廳、餐廳與陽台呈一直線，需要依次穿越，客廳有幾個置物櫃、一台電視和一張沙發床。

「那個昨天克里斯正好來住我們家，比較擠不好意思喔。」國展指著攤開的沙發床說。克里斯是客人，謝胖和他自己才是繼我之後這間房子的主人。

「欸，那……」我正想問這間房子的另一個主人、也是我以前的室友在哪裡時，一個響亮的聲音從餐廳傳來。

「欸！李韻！」

我笑了，聲音的主人是一個身材矮小的男子，看起來比其他幾人的年紀都年輕了幾歲，眼神散發著熱情，他正站在流理台旁切著蔬菜。

「麥可！」我走了過去正要跟他擊掌。

「等一下，我在準備早餐手很濕。」麥可的兩隻手都濕漉漉的，於是和我撞了下胸膛，我高出麥可半個頭，麥可需要跳起來才能撞到我的胸口，看起來應該非常搞笑，但麥可就是這樣。

我和國展走進餐廳，由於客廳較為狹小，有客人來的時候都是直接走到餐桌上坐下來，木製的餐桌最多能容納得下八個人，以前我和麥可常在這裡招待同學吃飯，多半是由麥可掌廚，在我開始學做菜之後，也越來越能幫得上忙。

小夢正枕著夢兒的大腿睡覺，謝胖和克里斯則是坐在對面，三個人似乎已經聊開了。

「啊這次要來玩多久？」謝胖問著夢兒。

「我們還沒計劃。」夢兒微笑回答。

「叫李韻帶你去吃Pasa Pasa啊，巴塞最好吃餐廳耶！」克里斯說。

「噢？那是什麼呢？」夢兒微笑看向兩人。

謝胖連忙搖手：「是克里斯的最愛不是我喔。」

「你問李韻啊，李韻以前常跟我們去吃。」克里斯指著我，我正好拉開椅子坐下。

「那是一間烤肉店，菲律賓菜，便宜又好吃。」我說。韓夢兒微笑看著我。

「啊你突然來巴塞，還一大早就打給我們，是怎麼了啊？」國展問。

我本來是先打給了麥可，但麥可沒接電話，因此又打給了國展。

我嘆了口氣，「一言難盡啦，可以給我們兩個房間休息一下嗎？我也可以睡沙發，我們一個晚上沒睡覺，真的都快累死了。」

除了小夢已經在熟睡之中外，夢兒的臉上也有深深的倦容。

克里斯把我拉到一旁：「欸，這樣不太對吧，你帶兩個妹來，又說整夜沒睡，有什麼事要說啊。」

我吸了口氣，欲言又止，我看向夢兒，不曉得哪些事情適合告訴他們，如果夢兒的精神狀態好一點的話，幾秒鐘之內就能解決這個問題，但在這樣筋疲力竭的狀態之下，她連使用最基本的心靈溝通能力都有困難，夢兒看著我苦笑著，除了正在做菜的麥可之外，其他三人也看著我等我解釋，氣氛突然陷入尷尬。

「你們先睡我的房間啊，」麥可突然說。「有上下舖，如果女孩子不嫌棄的話啦。」然後一邊把蛋液倒入平底鍋中，鍋子馬上「滋滋」作響。

夢兒看著我微微點頭，我恨不得可以馬上睡著，但又不好意思立刻答應。

「不然先吃點早餐好了，我們剛才也正要準備吃早餐。」國展打了個圓場。

「好啦，吃早餐、睡覺二選一！」麥可把炒蛋和煎蔬菜盛到兩個盤子裡，笑嘻嘻地放到我和夢兒面前。

「麥可哥，你這樣就不懂女孩子的心了，一個晚上沒睡，那一定是要⋯⋯」謝胖和克里斯對視了一眼，兩人同時笑著說：

「先洗澡！」

「李韻如果你不想洗澡的話睡下舖，下舖是我沒洗澡的時候睡的地方，夢兒可以睡上舖。」麥可對夢兒眨了眨眼。

「你沒洗澡的時候不是都睡沙發床嗎。」謝胖冷冷地說。

「靠邀喔！」克里斯說。「難怪沙發床有種麥可的味道。」克里斯每次住這裡都是睡沙發床。

「你不要在美女面前亂講……」麥可一臉正經地說。「通常比較髒的時候會睡沙發床，沒那麼髒睡下舖。」

克里斯往麥可身上磨蹭，小夢正好在這時候說了句夢話：

「好髒喔。」

所有人愣了愣，然後笑成一團。

我一直睡到了下午三點左右才起床，最後我還是睡在沙發床上，夢兒和小夢則分別睡在麥可的上舖與下舖。

「其他人呢？」我一頭亂髮地走向餐廳，麥可正在餐桌上用著筆電，屋內除了打字的聲音外一片寧靜，偶爾從窗戶外傳來車子駛經路面的聲音、人們用西班牙語或加泰羅尼亞語的呼喊聲。

「喔，他們下午有事情出去一下，等一下就回來了。」麥可專注地打著電腦，連頭也沒有抬一下。

「週六還真是安靜呢，平常日還會聽到隔壁那些小孩的鬼吼鬼叫，真

懷念。」我拉開椅子坐了下來，我的舊家隔著一道牆就是一間小學的操場，以前每天早上都在孩子的喧鬧聲中醒來。

「哈哈，對啊，現在還是啊。」麥可乾笑了兩聲，麥可乾笑的時候總是很明顯。

「我還記得有時候隔壁會飛過來排球什麼的，我們一開始還不管，後來越來越多，最後在畢業前全都把它丟回去了，至少有三顆吧，你還為此寫了一個短篇故事。」

麥可是個業餘的小說家，偶爾會把生活中的小趣事以短篇故事記錄下來。

「喔，你說『金排球』啊。」麥可繼續敲著鍵盤。

「你在忙是不是？」我有些氣餒，這位昔日的室友居然遠不如想像中的熱情，先別說我們已經一年沒見了，麥可居然對我這幾天的遭遇也完全不感興趣似的。

麥可似乎聽出我聲音中的失望，說：「等一下喔。」

然後又敲了幾下鍵盤，把筆電的螢幕蓋上，抬頭看向我。

「你要不要吃東西啊？」

「喔，好啊。」我點點頭，確實也餓了。

麥可站起來從桌子另一頭拿了一個牛皮紙帶過來，放在我面前：

「早上也幫你買了幾個蛋塔。」

我看牛皮紙袋就知道那個蛋塔是我以前經常買給香織當早餐吃的連鎖麵包店賣的。

「出去外面？」麥可邊說邊轉身拉開了落地窗，我們以前經常在這個

陽台上聊天，我說了聲好，於是我們各拉了一張椅子出去。

外面的陽台並不大，牆上的掛繩還晾著幾件衣服使它更顯狹小，不過通常能容納的下五、六個人，如今只有我們兩人倒還是綽綽有餘。麥可放好椅子後沒有直接坐下，而是走到室內的冰箱旁邊，打開上層拿了兩瓶全身漆黑，包裝上僅有一顆金星標誌的啤酒。

「啊，是Estrella Damm Inedit！我記得在超市還常常買不到。」麥可用一個金屬製的開瓶器撬開了兩瓶啤酒，把瓶蓋丟進了垃圾桶裡，然後遞給我一瓶。

「是國展買的，上次買了一大堆咧。」

「今天怎麼有這個興致，我記得你不太喝酒的嘛。」

「我不是不太喝酒，是酒量不好，但你難得回來怎麼可以不喝。」

我們碰了一下瓶子，發出響亮的敲擊聲。

麥可仰望藍天，一句話也沒說，然後又喝了一口啤酒，啤酒流過酒瓶、滑入喉嚨的聲音都清晰可聞。我也再喝了一口啤酒，望著藍天，但並不像他那樣泰然自若，我有很多話想告訴麥可，但不曉得從哪裡開始說起，我偷偷瞄了一下麥可，麥可的脖子已經開始紅了，兩眼望著天空，也是若有所思。

「你在離開巴塞的前一天晚上，我們兩個也是坐在這裡，喝著啤酒，那天晚上還有星星。」麥可先開口了。

「喔，對啊，雖然才一年，但總覺得那種日子已經離我好遠了。」我點了點頭。

「那，你最近過得怎麼樣？」麥可不再仰望天空，低下頭，看向我。

「工作就是那樣囉，台灣也沒什麼變，生活總是不像在唸書時那樣精

彩。」我苦笑。

「雖然我們幾個留在歐洲工作，但也沒有想像中的那麼好玩。我最近領悟到了一件事，工作本來就是一件無聊的事情，只是在過去唸書的兩年裡面，每個人都花了全部的精力想要找到一份夢幻工作，但多數人最後會發現那是不存在的，而自己對於工作的期望太高，確實，即便是一份很好的工作，但還是有80%的時間是很無聊的。」麥可聳了聳肩。

我點了點頭，心裡再認同不過，麥可雖然在我們之中年紀是最小的，但是想法卻是最深刻的，和他聊天時常能夠有所啟發。

不過這些都不是我今天想要說的。

「欸，怎麼到現在你都還沒問我發生了什麼事？」我終於忍不住主動說了。

「你想講的話不就會說了嗎。」麥可又喝了一口啤酒。

我苦笑，他還是滿了解我的，我「咕嘟咕嘟」地喝了大半瓶啤酒，然後開始從香織來上海發生的事情講起，麥可一直都沒說話，只是靜靜地聽。

「所以，現在這趟旅程算是結束了吧，對於香織你的結論是什麼？」麥可問。

「我的結論啊……欸，等等，你對那些超能力什麼都沒有問題要問嗎？」我難以置信。

「這一切的起點都是香織不是嗎。」麥可說。

這倒是沒錯，對我而言，有沒有心靈感應能力都沒有比了解香織的想法來得重要，我握緊了酒瓶，開始回憶起這一路上和小夢一起探索香織想法的過程，香織在臨死前，為了要提醒我打開香袋，不小心也讓我讀取到了我們之間的其他回憶，這也成為了這趟旅程的開端。

在聖托里尼，我感受到了兩人之間淡淡的情愫，以及香織內心的掙扎。

到了聖保羅，香織知道我們並不存在可能性，於是下了決心。

最後，去了杜布羅夫尼克，香織的心意已決，所以儘可能地要疏遠我。

不過我們之間的互動並沒有在杜布羅夫尼克之後結束。

在香織和清水分手之後，原本是要特地到上海找我的……

「所以，如果不是因為清水的話……我和香織本來可以……」我把頭埋進雙手之中。

「你覺得，香織真的知道自己想要什麼嗎？」麥可問。

「什麼意思？」我抬起頭看向他。

「我覺得啊，心靈感應這件事情還是滿有意思的，到底透過心靈感應得到的訊息準確度有多高？多數時候，你真的知道自己想要什麼嗎？」

小夢似乎也曾經說過類似的話，我陷入了沉思。

「即便你在香織的回憶裡，知道了當時她是怎麼想的，首先，她真的是這麼想的嗎？很有可能她始終無法確信自己要什麼。再來，不管她怎麼想，改變不了兩個事實，一個事實是你們沒有在一起，另一個事實是她已經不在了……喂，香織真的……過世了？」

我點點頭。

麥可重重地嘆了一口氣，我們不再說話，都喝了一大口啤酒。

「我了解你的意思了，你是對的，其實……心靈感應能力可能就像是盲人與視力正常的人的區別吧……就好像是多了一個感知這個世界的管道，但並不是說透過這個管道所看到的世界就是絕對正確的。」我說。

麥可繼續說：「比起那些，你有沒有想過，香織到底想要什麼？」

我苦笑：「怎麼可能沒想過……她……」然後陷入沉思之中。

「你記不記得，香織和你說過，她總覺得你們之間溝通有障礙。」

我點了點頭：「是啊，在聖托里尼的時候說的。」

「你記得你和香織在一起的時候都在聊什麼嗎？」

「多數是生活中的瑣事吧，有時候會聊一些價值觀、工作效率之類的。」

「你覺得自己的價值觀和她契合嗎？」

「……」

「如果我們都同意香織現在想找的是一個可以陪伴一生的對象，那麼，她需要的不是一個最愛她的人，也不是一個她最愛的人，而是一個能夠溝通、能夠分享價值觀的人。她是不是愛你我們已經無從得知了，但即便她愛你，你也不是那個她願意常相廝守的人。」

「那，她到底愛不愛我？」

「我所知道的香織啊，她總是戴著你送的東西、和你一起唸書、中午總是吃你做的便當、特地到上海見你一面、為了你擋子彈……你說

呢？不過……」麥可把頭轉向我。

「這到底是不是你要的愛？」

一連串的問題，我沒半個有答案，一仰頭，把剩下的啤酒也喝完了，總覺得自己費了這麼多功夫，卻沒有離「答案」更接近，但換個角度想：

「答案」真的存在嗎？

36 作者｜巴塞隆納

睡了一個早上，小夢中間轉醒，隨即又睡著，想必真的是累了，而且她腳上還有傷，夢兒就把她留在房裡，要李韻帶她出去逛一逛。

李韻帶著夢兒沿著「Carrer Gran de Gracia」往下走，他看著熟悉的景物，很興奮地向夢兒介紹著：

「這裡是我以前住的區域，你看那裡是我每次去買菜的地方，前面那間西班牙餐廳是我每次有朋友來找我玩都會帶他們去的餐廳，據說是國王最喜歡的餐廳，我還在那邊打翻一杯紅酒過哈哈……那個巷子進去有間越南菜，我和香織想吃亞洲食物的時候會來，那附近也是我們剪頭髮的地方，有個日本設計師的店開在那裡，喔，這個巷子進去有間日本人開的中華料理，有次她在上課的時候傳了一張紙條給我，問我今晚有沒有事，她說她想吃亞洲菜，後來我們就去了這間，然後這條巷子走進會到一間叫做『霍夫曼』的餐廳，是我和香織第一次、也是最後一次一起在巴塞吃飯的餐廳，說起來也真巧，香織喜歡的味噌湯，也叫『霍夫曼』……」

「可以想像當初離開這個城市你有多麼捨不得。」韓夢兒說。

李韻聳聳肩。

在轉進「霍夫曼」餐廳的巷子前，韓夢兒停下了腳步。

「『人生就是不斷放下，遺憾的是，我都沒能好好的與他們告

別。』」韓夢兒突然說。

李韻愣了愣：「我離開巴塞前總覺得自己還會回來，所以也沒什麼好道別的……對了你說的是電影『少年Pi的奇幻漂流』裡面的台詞嗎？這句台詞我很喜歡耶。」

「我說的告別不是巴塞羅納，是香織。」韓夢兒靜靜地說。

聽到香織的名字，彷彿有什麼東西在李韻的胸口又渲染了開來，他想說話，但卻不知道如何表達。

韓夢兒繼續往前走，一邊說：

「香織在去上海見你之前，曾經來找過我，她拜託了我一件事。」

「什麼？你認識香織？」李韻馬上追上去。

「算是……一個朋友吧。」韓夢兒想起那個夢境。「不提也罷。總之，她拜託我，如果在上海出了什麼意外，要我把一段『記憶』轉交給你，又或者說，一段『想像中的記憶』吧。」

「我沒有聽懂？」

「你知道什麼地方對香織來說格外有意義嗎？」韓夢兒問。

「聖托里尼的日落？」李韻不是很確定，然後他又想起來聖保羅的旅館，不過馬上否定了這個想法。

韓夢兒輕輕地笑著：「就是這裡，這間霍夫曼餐廳，對她來說，這是你們這兩年回憶的起點，也是終點，對吧。」

李韻看了看餐廳的招牌，點了點頭，模糊地想起香織和他上一次在這裡吃飯時的情景。

「所以香織給了你一段我們在這裡吃飯的回憶？」

「是『想像中的回憶』，說得簡單一點⋯⋯

你可以再見到香織一面。」

37　李韻｜巴塞隆納

夢兒說，香織選擇了一個場景與我道別，而且是在我們過去的回憶裡，我到現在都還沒有完全理解過來這是什麼意思，最後她只說了：

「她和你八點約在『霍夫曼』餐廳，要你在裡面等她。就當作是你們最……你們的一次約會吧。」說完她就轉身離開了，在她背影沒入轉角之後，我的腦袋裡忽然響起了一陣巨大的「嗡嗡」鳴聲，雖然我是新手，但我也知道現在我已經進入了「意識」的世界裡了。

比起去思考背後的邏輯，還有現實中的我究竟身在何處，令我更緊張的是，如果夢兒沒有在開玩笑……事實上我也沒看過她開玩笑……那我很快就要見到香織了，一股熟悉的感覺油然而升，興奮、緊張、不安。

這時候，我的手機忽然響了，我收到一個訊息：

「我會晚個十五分鐘，你先進去坐吧！」

發件人的名字，是淺田香織。

我無奈的笑了笑，搞不懂到底這是怎麼一回事，但卻有種真實無比的

感覺，因為香織確實每次都遲到。我這才注意到，身上的衣服已經換成了一套西裝，而我清楚記得，這就是我們上一次在霍夫曼餐廳吃飯時我所穿著的西裝，這樣我就更沒有理由要先進去餐廳了，今天我打扮得帥氣非凡，坐在餐廳裡面她就看不到我全身的樣子了，而無論如何我都想讓她看得清楚一點。

我一直在想，如果能再一次見到她，那一刻她臉上會是什麼表情？我第一句該說什麼話？

我設想了數百種的開場，卻沒有一個真正令我滿意，這時我想起李宗盛作詞的一首歌「飄洋過海來看你」，歌詞中是這麼說的：

「為你我用了半年的積蓄，飄洋過海的來看你，為了這次相聚，我連見面時的呼吸都曾反覆練習。」

這段歌詞用來形容我現在的心境再適合不過了，我想我應該先吸口氣，低下頭，然後再抬起頭，露出一個勉強的笑容，就好像在說「你真是整得我好慘」那樣。

下定決心後我開始練習，不斷吸氣、吐氣、露出勉強的微笑……吸到後來都有點胃脹氣了。

結果我在外面等了半小時，但我心中一點也不著急，甚至有些緊張，不知道鼻毛有沒有露出來，或是背後有沒有沾到油漆，然後拼命回想著我記憶中的那天究竟還發生了什麼事。

我一直看著她即將出現的路口，想像我們見面時她臉上的表情。

她會快步過來抱著我嗎？會很開心地揮揮手嗎？還是會一如平常禮貌性的微笑呢？

結果都不是。

香織在街角出現了。

看著她，我的心跳越來越快，我們四目相對的那個瞬間，時間彷彿就停止在那一刻，不知道過了多久，香織慢慢眨了眨眼睛，然後露出一個燦爛的笑容，向我揮了揮手。

真的是，香織，淺田香織。

她低著頭慢慢走了過來，我想朝她迎面走過去，但腳卻不聽使喚，她走到我面前，仰頭看向我，用日文笑著說：
「晚安！」
我沒有立刻回答，只是微笑看著她的臉，然後才發現香織的眼眶似乎有些溼潤的痕跡。
我就這樣看著她，她就這樣仰著頭，過了幾秒。
本來我有好幾個問題想要立刻問她，因為我不知道這個回憶究竟會維持多久，關於她們組織的事情、關於她留在我腦海裡的訊息、關於我們過去的一切一切……

不過，在我看到她的當下，我忽然理解到，所有我一直在煩心的事情都不重要了，即便我的時間只夠說一句話，我也只想知道這一件事情，我吞了口口水，彷彿一個世紀都沒有說話了，最後緩慢地吐出幾個字。

「你最近過得好嗎？」

我露出一個應該很不自然的微笑。

香織仰著的笑臉僵住，緩緩低下頭，用力點了點。

「那就好。」我點著頭反覆說了幾次，同時覺得自己笨拙無比，這真是一句紮紮實實的廢話，但是聽到她這麼說，我心裡卻又覺得無限的開心、慰藉。

我們沉默了一會兒，香織才開口：

「不好意思我遲到了，不是要你在裡面等我嗎？」

「我今天穿了我最好的西裝，坐著你就看不到了，所以也不是在等你……」

「只是為了炫耀。」香織佯怒瞪了我一眼。

我們都笑了，恩，我心裡再也沒有任何懷疑，這完完全全就是香織。

我幫她開門，一前一後走進餐廳。

我們走進了我安排的包廂，拉開椅子讓她坐下來，當我看到菜單的那一刻，想起來我們上次吃了什麼東西，還有我提前布置的一切，想到這裡我急忙四處張望，想確保這和我的記憶是一樣的。

「你沒事吧？」香織問。

我微笑搖了搖手，然後請服務生過來點了餐，服務生是個優雅的西班牙大叔，他過來的時候偷偷對我挑了挑眉，彷彿在說「我都搞定了」，我這才終於放下了心，然後點了他們的Tasting Menu，總共有八道，和第一次來吃的時候一樣，所以有很長的時間可以聊天，差別是上次我們點了配餐酒，到最後兩個人都喝醉了，所以我今天只點了氣泡水，因為我需要保持清醒。

「你記得我們第一次是為什麼來這間餐廳嗎？」我說。

「嗯……」香織捏著下巴，低著頭想著。

「啊，我想起來了，是慶祝你找到工作對吧！」她開心地笑著。

我笑著點點頭。

「啊，時間過得好快……上次在畢業典禮的時候都沒有機會和你照到相。」

「對啊，我需要陪我爸媽，你那天也很忙。」

香織笑了：

「那天我每經過一個同學，他們就叫我過去，要把我介紹給他們爸媽，那天安娜跟我一起走，到後來她都沒力氣了。」

「難怪那天要你過來把你介紹給我爸媽時，我看她翻了一個白眼。」

「你是那天的最後一組。」

「我的榮幸。」我傻呼呼地笑著。

同時，第一道菜上了，這次的菜色有一些變化，我們不約而同拿起相機照下來，香織放下相機時說：

「所以，我們下次見面是在日本吧？」

我遲疑了一下，然後搖搖頭：

「我想不會了。」

「為什麼呢，你不來東京了嗎？」香織平靜地說著，我們同時拿起刀叉切肉。

「我會去東京，但是我想我們不會再見了，所以今天……」

我停頓了一下，深吸一口氣：

「真的是我們最後一次見面了……這也是為什麼我這麼堅持要找你來吃飯，因為，我希望我們至少有時間可以好好地道別。」

我微笑著，香織放下刀叉，嘴唇微微動了一下，但最後沒有說話。

「啊，對了，等我一下！」我忽然想到一件事。

她瞪大了眼睛，不知道我要幹嘛。

「你還記得，有一陣子你每天都會帶不同的耳環，看我是否能分得出你今天戴了不同的耳環對吧？如果我發現的話，就可以要求你下次戴某個特定的耳環。」我說。

「噢～對，我從東京帶來了很多耳環，那時候想說再不戴就白白把它

們帶來了。」香織用力點著頭。

「然後，我記得我好像猜中了很多次吧。」我狡黠地笑著。

她歪著頭，不知道我想幹嘛。

我從餐桌下拿出事先藏好的粉紅絲絨小盒子，然後從盒子裡拿出一對珍珠耳環。

香織的表情從疑惑轉變成驚喜，然後發出讚嘆聲。

我有點不好意思地說著：

「這是西班牙當地的品牌，我沒看你有買過這個牌子，但我覺得離開巴塞隆納前應該至少要收藏一組，所以呢，我想……看你戴這副耳環的樣子。」

邊說我邊把盒子拿給了香織，她每次收到禮物的表情，都開心得像在聖誕節拆禮物的小孩一樣，不管我送什麼都是。

「好漂亮喔！謝謝你小韻！我要馬上戴起來！」

說著她就拆下原本的耳環，換上我送她的那一副，我什麼話也沒有說，她開心的表情是我唯一想要的回應，而我想努力記起這一瞬間的笑容，事實上，我今晚將要不斷重複做這一件事，記住她笑的時候嘴角的弧度，甚至是有幾條法令紋與魚尾紋，記住她側著頭想事情的樣子，記住她瞳孔的大小、今晚的髮色，以及臉上的每一個細節。

香織吃東西的時候總是小口小口、慢慢地吃。

香織總是微笑著去說一個故事。

香織聆聽時，總是聚精會神，不斷點頭。

最後，吃到累的時候，她說，給她一分鐘，讓她打個盹就沒事了。

我心裡覺得有趣，但也不意外，這完完全全就是她會做的事情，體力不好，明明累了，卻不想讓人掃興。

我靜靜地看著她睡，然後想想，也該是時候了，我請服務生把甜點送上來。

香織睜開眼睛時，看到眼前是一個巧克力蛋糕，與一個皮革製的小盒子，但意外地她沒對盒子有任何反應，開始吃起甜點。

我只好說：

「那個盒子是什麼你知道嗎？」

她邊吃邊說：「我知道啊，也是甜點。」

然後看著我笑：「我們上次吃過的。」

顯然她記錯了，我們吃過放在皮革盒子裡的甜點，但不是在這家餐廳，我心中苦笑，只好又說：

「是嗎？你要不要打開來看一下？」

她微笑拿起盒子，打開時不禁失笑，看著我說：

「這是什麼？照片嗎？」

她從盒子裡拿出一個小型的隨身硬碟。

「你要不要打開來看呢？」

「可是，要怎麼……」

我從桌底下拿出事先藏好的電腦，香織驚訝地說不出話。

我打開電腦，從她手中接過隨身硬碟：

「這是一個影片，你現在知道為什麼今晚我訂的是包廂了吧。我們現在看嗎？」

她用力點了點頭。

這個時候其他組的客人已經離開了，整個餐廳只剩下我們兩個人。

影片的開頭，我寫了一段話話：

「Dream like you will live forever, Live like you will die tomorrow.

這是你一年前和我分享過的一段話

所以，我珍惜和每個朋友相處的每一次時光

並且，在離別時把它當作這是我們最後一次的見面

而和你，我想，這真的是最後一次了

所以，我把我所有想告訴你的事都放在這裡面了

請仔、細、地、看

我給你的最後一個禮物

這是一個故事

一個關於唸書、旅行、美食、享受生命的故事

一個在歐洲的故事

淺田香織的故事……」

整個影片裡，敘述的就是我們在這幾年的回憶、去過的地方、上過的

課、看過的表演。香織很專注也很平靜，比起一幕幕的回憶，更讓我觸動與難過的，是這個即將在我眼前消失的女孩，這個帶給我許多歡笑、痛苦、感動，以及讓我每天早上願意為她睜開眼睛的女孩，隨著影片一分一秒地過去，她離開我的時刻，也在一分一秒地到來。

影片結束了。

「我要看這個影片一百次！」香織吸著鼻子，紅著眼眶，但仍然笑得很開心。

我沉默了一下，然後說：「其實我還準備了一段話給你。」

香織斂起了笑容，坐直身體，認真地要聽我說什麼。

我深呼吸，正準備要開始說時，我突然想到一件事：

「啊！」

「嗯？」香織面帶疑問。

「我準備了一首音樂。」我說。

香織笑了出來，表情像是在說：

「真是受不了你。」

我按下播放鍵，音樂是森山直太郎的「櫻花」鋼琴獨奏版。

隨著音樂徜徉在包廂裡，我開始慢慢說：

「遇見你，是發生在我生命中最美好的事情，因為你，讓我成長了許多

比方說……

如果不是因為學校的餐廳不好吃，而我想讓你有更多的選擇，我不會這麼有動力去學習煮菜，我知道很多次都煮得很糟，太鹹或是太油，我還經常把鍋子燒壞，但謝謝你的包容，讓它能慢慢變好，而到現在，我竟然有辦法能為你準備一桌的晚餐……

如果不是因為想讓你有更多的時間休息，我不會這麼努力地念書，只為了幫你解答問題，很多次我想裝得自己比你了解，但很快就被識破了，但你總是那麼地善解人意，還是經常誇獎我很聰明，我想，你才是我們兩個之中更聰明的那一個。和你在巷口那間咖啡館一起看書，是我每個禮拜最期待的時光……

如果不是有你陪著我去這些餐廳，我也不會有機會嘗試到這麼多好吃的食物，我的行為舉止老是像個小孩一樣，登不了大雅之堂，謝謝你一直包容著我，一直教導著我如何做一個更好的紳士，現在甚至是切牛排都會令我想起你呢……

我很抱歉總是惹你生氣，做錯了許多事、說錯許多話，但我從來沒有想讓你覺得不開心，真的非常對不起。

但即便你生氣了，我總是能很快看到你的笑容，你告訴我你總是很快遺忘不好的事情，這是我向你學習到非常重要的一件事，但生氣總是對身體不好，我希望你不會再碰到像我這麼笨的人，然後永遠開開心心……

這是最後了，我很幸運可以在這裡遇見一個女孩，那個總是微笑的女

孩、那個總是優雅的女孩、那個聰明而謙虛的女孩、那個正向而積極
的女孩⋯⋯

那個給了我如此多難忘回憶的女孩⋯⋯

香織，再見了。」

香織的眼淚很安靜，我說完之後，她說了聲謝謝，正要說其他話的時
候哽咽住了。

「我想你懂我意思的。」她說。

我心中有種詭異的感覺，好像在哪裡聽過這句話，但就是因為你總是
假設我了解你的意思，我們之間才有這麼多誤會不是嗎？

我心中苦笑，但仍點點頭。

「為什麼你要跟我說再見呢？你下個月不是還要來日本嗎？」

「應該不會了。」

「為什麼？你不來日本了嗎？」

她虛弱地說著。

「我會去，但我想我們不會見面了。」

「事實上，我們最好別再見面了。」

「如果我覺得我們還會見面的話，我就會覺得好像我們之間還有⋯⋯

希望……」

「但我知道這不是真的。」

「我沒辦法再這樣生活了，我需要前進……」

「我知道這樣很自私，對你也不公平，對不起。」

「也是為什麼我一直希望可以至少再跟你吃一頓飯。」

「至少，我希望可以跟你好好的告別。」

香織用力吸了口氣，我們沉默了一陣子，我想，這次應該說得夠完整了。

「當你問我說今晚要吃什麼，我第一個就想到霍夫曼餐廳，這是我們第一次一起吃飯的地方，我覺得很有紀念意義，對吧。」

香織微笑著，她的眼眶仍是紅的。

「小韻，陪我走回家，好嗎？」

香織定定地看著我，那個帶著點哀求的眼神我完全無法拒絕。

「剛剛看了你做的影片，真的好懷念喔。」

我愣了愣，點點頭，我們並著肩繼續走著。

「那次去聖托里尼好熱喔……」香織說。

「我還記得你走路走到生氣了⋯⋯」我笑著。

「那個地方一點都不漂亮⋯⋯」香織嘟起嘴。

「你說費拉嗎？不過我們也在伊亞看到了很美的夕陽對吧。」我忍不住反駁。

「還有那個話很多的民宿主人。」香織想到了亞尼斯。

「我還記得離開的當天早上，我幫我們做了早餐，我在房門外叫你的時候，你大聲的說『Hai』⋯⋯」感覺就好像小孩在應媽媽的話。

「那頓早餐是我吃過最棒的早餐，我好驚喜，看著大海，喝著咖啡，那樣好寧靜、好美。」香織的眼神飄向遠方。

「聖保羅的蛋糕不驚喜嗎？」我笑著。

「我又沒有說那是『最驚喜』的，我只是說那頓早餐很驚喜，兩個我都很喜歡。」香織嘟起嘴。

「當然啦，你可不知道那是我翹課、跑去一個奇怪的地方買的。」我有些自豪地想著。

「你還騙我你打電話給你的老闆。」

「所以是驚喜呀。」

「嗯，上面還有我的名字，我真的好開心，你真的為我做了好多事。」

「那可不是。」

「我是不是不應該一直笑，越笑我的眼袋會越深。」

「別人看到了你的眼袋，就會知道你是個愛笑的女孩，我願意為了你的笑容做任何事。」

「我一直沒告訴你……」

香織突然停了下來。

「嗯？」我看著她，不知道她接下來要說什麼。

「你一開始做的午餐真的很難吃。」香織一本正經地看著我。

「啊？」我張大了嘴看著她。

「我根本不記得我們第一次見面是在教室裡了。」香織看起來依然很認真。

「我……」不知道香織為什麼要突然跟我說這些。

香織突然「噗哧」一笑：

「你不是總是要我對你說實話嗎，所以我現在要對你說實話呀。」

我苦笑著：「好吧，也不算太晚。」

香織沒有看向我，臉上也沒有任何表情，只是繼續說著：

「後來我們慢慢越來越熟了，你約了我去聖托里尼，我本來覺得，你已經很清楚知道我們之間是不可能的，所以沒有拒絕你，我經常對你發脾氣，那並不是你的錯，一方面是因為我很幼稚，而你總是能包容我的幼稚，另一方面，我也希望你知難而退……一直到你和我一起唸書，幫我準備午餐，幫我慶生，任何我有困難的時刻，你總是第一時間出現在我身旁，我才發現……我才發現，我明明很清楚你對我的心意，卻沒有明明白白的拒絕你。」

我默默地點了點頭。

「因為我希望你可以一直在我身邊。」香織依然看著前方。

我們沉默了一會兒。

香織看著我。

「我再也見不到你了對吧？」

聽到她說這句話，我覺得自己的淚腺快要失控，我仔細看著她的臉龐，開始有種「我真的要失去她了」的感覺，過了大概三秒鐘吧，我點了點頭，此刻我已無法說話。

香織的眼眶開始濕潤：

「我其實不太知道怎麼表達這些事⋯⋯但是我想說，你要好好的，工作好好的，感情上也好好的，家庭也好好的，一切都要好好的喔。」

我感覺應該還要再說點什麼，但每當我試圖要振動我的音帶時，我就感到鼻涕和眼淚要同時流出來了。

「好吧！」難看就難看吧，我下定了決心。

「什麼？」香織應該覺得我很古怪。

我深吸了一口氣，為了維持笑容不至於哭得太難看，我臉上的肌肉抽動著、嘴唇也顫抖著，但鼻涕眼淚同時決堤，我用日文說著：

「不管你去了哪裡，

一定、

一定、

一定要過得幸福。」

我的胸口一陣強烈的酸楚。

香織微微顫抖著，緊閉著嘴，點了點頭，淚水順著臉頰滑落。

「嗯。」

我們倆同時走上前，彼此擁抱，這一次抱得比以往都還用力、還久，我甚至能感受到她的小腹。

「謝謝你，小韻。」

「謝謝你，香織。」

38　作者｜巴塞隆納

「所以說，你改變了他的記憶？」在我家的陽台上，小夢睜大了眼睛看著夢兒，我坐在旁邊看著書，一邊聽她們說話。

「與其說改變，倒不如說他會開始有種『放下』的感覺。」夢兒平靜地回答小夢。

「但是……但是如果他在那間餐廳時，就下定決心不再和香織見面了，那就不會有以後的事情呀？這樣他豈不是要忘記我……我們嗎？」小夢有些語無倫次，顯得很慌張。

「其實李韻的記憶並沒有被改變，改變的是他的情緒」夢兒說。

「簡單來說，香織『幻想』了一段故事，李韻也『幻想』了一段故事，韓夢兒把這兩段故事在李韻的腦海中結合在一起，這樣李韻的內心深處就不會再有『沒有好好告別的遺憾』了。」我突然插嘴幫忙解釋，要不然以這對姊妹的智商落差，可能聊到明天都無法達成共識。

小夢瞪了我一眼，對夢兒說：「姊姊，這個傢伙可以待在這嗎？我們的事情不能讓別人知道吧！」

夢兒聳聳肩：「大不了到時把他的記憶消除了。」

哈哈哈，這兩姐妹太天真了，要知道，作為一個小說家，我最擅長的就是觀察別人，還有獲取別人的信任，我當然不會把你們的事情說出去，在出版的時候我會把所有人的名字改掉的。

小夢不再搭理我：「香織為什麼要這麼做呢？我還以為她對李韻還

是有一些感情的⋯⋯這是要李韻永遠忘了自己的意思嗎？但也不對呀⋯⋯哎呀我搞不明白。」小夢用力抓著頭，搞得頭髮一團亂。

「別抓了。你覺得香織是對李韻沒感情才會這樣做的嗎？」夢兒似笑非笑地看著小夢。

「不是嗎？」小夢抓到一半停了下來，愣愣地看著夢兒。

小夢雖然和她姊姊擁有類似的能力，但還真是對人性一無所知，所以說穿了心靈感應能力也只不過是讓人多了一個獲取訊息的管道，但如何解讀又是另一回事了。

「小夢，要製作出來一段這種『幻想』是非常困難而且麻煩的事情，如果是你的話，你要怎麼做呢？」夢兒問。

「不知道耶⋯⋯」小夢顯得有些緊張。「我猜⋯⋯可能要想像很多遍吧？」

「嗯，你想，你需要多熟悉一個人才能想像得出和對方吃飯的場景？對方可能會說的話、對方身上的每一處細節，那是要花多少時間和多大的心力才能塑造出一段逼近真實的回憶。就像你說的，必須想像很多遍才行，至少⋯⋯上百遍吧。」夢兒看著遠方，嘆了口氣。

小夢默默地點著頭。

上百遍⋯⋯香織對李韻有這麼深的情感我還滿意外的，那豈不是每隔幾個小時就要想像一次她幻想中的場景？

「我想香織在接受了組織的命令之後，內心一定充滿了煎熬，甚至已經想好了要為李韻而死，而且希望他能夠好好的活下去。你想，你需要多在乎一個人，才會為他做這麼多事。」夢兒靜靜地說。

小夢點點頭：「我雖然從來沒見過香織本人，但透過李韻意識接觸到

的香織，總覺得那是一個深沉、冷酷、善變、無情的女人，但聽你這麼一說，我好像覺得那個意識開始有了一些溫暖，好像有一種強烈的情感被壓抑在心靈深處，不讓它釋放出來……」

「所以！」小夢突然叫了出來。「香織是愛李韻的！」

夢兒沉吟了半晌：「那也倒未必……對於香織而言，到底愛是什麼呢？她對李韻的情感，恐怕她自己也不知道，唯一能確定的，是李韻對她而言是個很重要的人。不過換個角度想，多數的人真的理解愛情是什麼嗎？有些結婚五、六十年的夫婦，到頭來才發現自己並不愛對方，有些初次見面的人，卻可以為了另一個人犧牲自己的性命，但恐怕這些人都不知道那一種情感可以被稱為什麼，所以，我們唯一能關注的就是『事實』，『事實』就是，香織為了李韻而死，並且幫助他日後可以了無牽掛地繼續前進。」

我忍不住又要插嘴：「你換個角度想，李韻可能只是香織為了擺脫清水的一個管道，即便她不愛李韻，但李韻可以給她清水身上沒有的溫暖。」

小夢嘆了口氣：「唉，所以我和李韻去了這麼多地方，嘗試想要了解香織的內心，似乎還是走回了原點，還不如不去。」

我聳聳肩：「怎麼說香織也是我的同學，我對她還是有一些瞭解的。」

夢兒淺淺地笑著：「你覺得這趟旅行沒有意義嗎？我看你的能力進步了很多呀，而且，不是這趟旅行……你會認識李韻嗎？」

小夢羞得臉都紅了，她還偷偷瞄了我一眼，生怕被我發現。

但是我還是發現了。

「沒有結果，並不代表努力沒有意義，就好像我們的能力一樣，我們不見得能夠探尋到人們心中真正的想法，但是我們可以不斷地向真實接近。」夢兒說。

小夢點點頭：「如果說……李韻他……他接受了一段新的回憶，跟其他回憶不相容怎麼辦呢？」

「嗯，一開始他會有點恍惚，總覺得自己記錯了什麼，過一段時間就沒事了。」夢兒解釋。

「喔……」小夢低下頭，她可能總覺得李韻的心智受到某種程度的傷害。

「你不喜歡我這樣子做也沒辦法，這是香織拜託我做的最後一件事。」夢兒冷冷的說。

「姊姊，為什麼香織會拜託你做這件事啊？」小夢張大了嘴。「怎麼從來沒聽你說？」

「那是近期的事情，不說也罷。」韓夢兒搓了搓手臂，似乎是想起了一個寒冷的回憶。

「那應該也是在香織接到組織命令之後的事情吧，她本來只是想去上海找李韻而已。」我說。

韓夢兒點點頭，沒說話。

「嗯……我好像可以想像香織那時候有多難過。」小夢低下頭。

其實香織比你們想像得要堅強多了，大可不必為她擔心，我有時候甚至覺得她是我認識的女性裡面最堅強的其中一個了。

「這樣……對李韻會不會不好啊？他對我的感情……我是說情緒會不一樣嗎？」小夢小心翼翼，大概終於問出了她一直想問的問題，李韻

這小子真是豔福不淺。

「當然不好。」

「啊?」小夢驚訝地站起身。

夢兒也站了起來,離開陽台,走到餐桌上倒了杯水。

「香織的事情,對他已經成為了一種創傷,他之前的心裡有個大洞,他自己必須想辦法去補好這個大洞,通常人在面臨創傷時,最好的治癒方式就是直視這個傷口,然後重新去思考是什麼事件和什麼原因造成創傷的,並且需要自己重新去理解這個事件和原因,從中汲取出正向的意義與學習,然後這個傷口才會慢慢結疤。這個作法,讓李韻沒辦法學習如何自我療傷,就好像在感冒時用了很強的抗生素,他的免疫系統不會因此成長。」說完夢兒喝了口水。

「喔……不過……對他來說也只能這樣了吧……」小夢小聲地說著。

夢兒嘆了口氣:「你這麼在乎他幹嘛,你喜歡上了他了?」

「你讀我的心?」小夢臉都紅了。

「這種事情還需要讀心嗎?」夢兒倒了另一杯水,遞給小夢,然後摸摸她的頭。「很辛苦的喔。」

「你說,因為他心裡還是有香織的影子是嗎,他又是個台灣人,而且我們兩個都是讀心者,交往起來一定很複雜,猜忌啦什麼的,搞不好還會傷害到別人……」小夢低著頭,雙手捧著水杯。

夢兒笑了:「妹妹,你想多了,我只是叫你心裡要有準備……」

「我們跟雙魚座的男孩子交往,很辛苦的。」

說完這姊妹倆都笑了，這一刻，彷彿不用再用任何技巧，兩人的心思也能相通。

〈完〉

國家圖書館出版品預行編目資料

巷子裡的霍夫曼／麥可陳著. --初版.--臺中市：
白象文化，2019.10
　　面；　公分
ISBN 978-986-358-845-0（平裝）

857.7　　　　　　　　　　　108009557

巷子裡的霍夫曼

作　　者　麥可陳
校　　對　麥可陳
封面設計　郭果子
專案主編　林榮威
出版編印　吳適意、林榮威、林孟侃、陳逸儒、黃麗穎
設計創意　張禮南、何佳諠
經銷推廣　李莉吟、莊博亞、劉育姍、李如玉
經紀企劃　張輝潭、洪怡欣、徐錦淳、黃姿虹
營運管理　林金郎、曾千熏
發 行 人　張輝潭
出版發行　白象文化事業有限公司
　　　　　412台中市大里區科技路1號8樓之2（台中軟體園區）
　　　　　出版專線：（04）2496-5995　　傳真：（04）2496-9901
　　　　　401台中市東區和平街228巷44號（經銷部）
　　　　　購書專線：（04）2220-8589　　傳真：（04）2220-8505
印　　刷　基盛印刷工場
初版一刷　2019年10月
定　　價　300元